http://www.bbulmedia.com

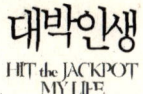

대박인생
HIT the JACKPOT
MY LIFE

2

BBULMEDIA FANTASY STORY

대박인생

HIT the JACKPOT
MY LIFE

차지혁 현대 판타지 소설

뿔미디어

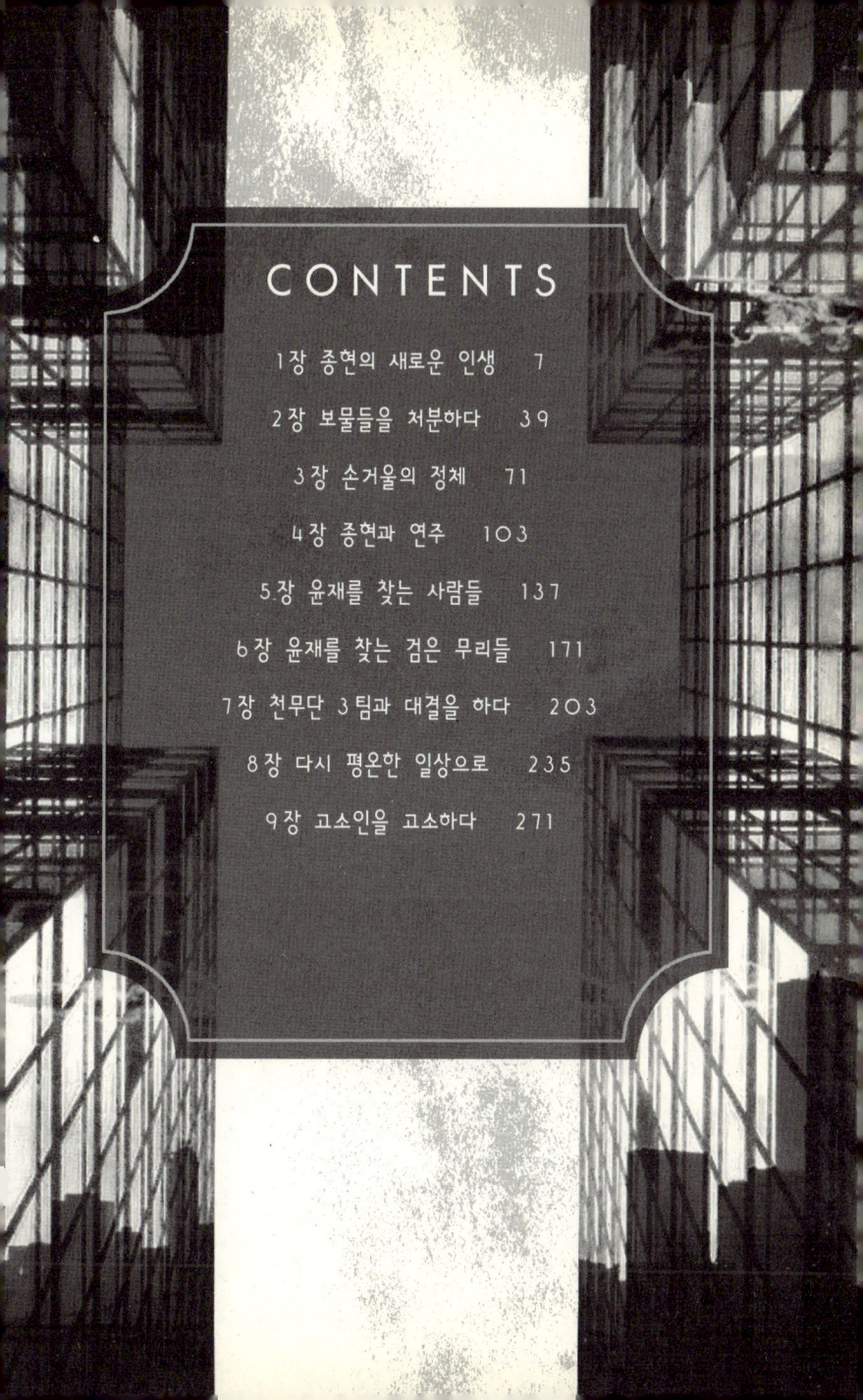

CONTENTS

1장
종현의 새로운 인생

면도날이 제거를 당하고 종현은 순식간에 종적을 감추고 말았다.

　물론 병원에 입원하였던 조직원들에게 면도날이 당한 사실과 앞으로 구로에 조직은 사라졌다는 사실도 알려 주었다.

　그리고 남아 있는 자금을 모두가 볼 수 있도록 공정하게 분배를 해주어 종현에 대한 오해와 불만이 없도록 조치를 하였기에 마음 편하게 움직일 수가 있게 되었다.

　종현은 윤재가 지급한 금액인 오억의 자금을 그대로 가지고 있었고, 면도날의 앞으로 되어 있던 건물도 모두 은밀히 매각을 진행하게 되었다. 그리고 한 개의 가게는 조직원들과 합의를 해서 자금을 분배하였던 것이다.

그러나 건물은 은행에서 빌린 돈이 많아 팔아도 그리 많은 돈이 남지는 않았다.

결국 종현이 조직을 정리하고 얻은 것은 그리 많지 않았다는 것이다.

종현은 조직을 정리하고 윤재에게 전화를 걸었다.

소개를 해주는 것도 있지만 자신의 삶을 의탁하기 위해서였다.

종현이 윤재를 만나지 않았다면 몰라도 지금은 윤재 같은 사람에게 몸을 의탁하는 것이 가장 확실하다는 생각이 들어서 가려고 하고 있었다.

윤재가 무슨 일을 하는지도 모르면서 말이다.

다만 종현은 무슨 일을 해도 소매치기를 하는 것보다는 나을 것이라는 생각에 무작정 전화를 걸게 된 것이다.

드드드드.

—여보세요?

"김종현입니다. 오늘 시간이 되시면 잠시 시간을 좀 내주실 수 있겠습니까?"

윤재는 종현이 말을 하는 것이 무언가 일이 있다는 느

낌을 받았다.

—무슨 일인데 그러지?

"죄송하지만 만나서 이야기를 드리면 안 되겠습니까?"

윤재는 종현이 자신을 만나야 이야기를 할 수 있다고
하니 어쩔 수 없이 시간을 낼 수밖에 없었다.

—그렇게 하지. 지금 시간을 내도록 하지.

"그러면 제가 부천으로 가겠습니다. 역 앞에서 일곱
시에 만나기로 하지요."

—알았다. 남부 역으로 나와라.

윤재는 무슨 일인지는 모르지만 종현이 하는 말투를
듣고는 일이 있다는 것을 확실히 느끼게 되었다.

일곱 시가 되기 전에 윤재는 약속을 지키기 위해 부천
역으로 걸어가고 있었다.

윤재의 집에서 역까지는 걸어서 오 분 정도의 거리였
기 때문에 차를 가지고 가지 않았다.

역의 입구에 도착을 하니 종현이 이미 나와서 윤재를
기다리고 있었다.

종현의 나이는 이제 딱 서른이었기 때문에 사실 조직
생활을 하는 입장에서는 윤재에게 존대를 사용해도 문제
는 없었다.

"죄송합니다. 이렇게 만나자고 해서 말입니다."

"아니다. 그런데 무슨 일이 있는 건가?"

윤재는 종현의 얼굴을 보고 물었다.

"여기는 조금 그러니 다른 곳으로 장소를 옮겨서 대화를 나누는 것이 좋을 것 같습니다."

윤재는 주변에 많은 사람들이 있어서 그런 것으로 생각하고는 바로 고개를 끄덕였다.

"그렇게 하자."

윤재와 종현은 그렇게 한적한 곳을 찾아 이동을 하였고 마침 조용한 곳을 발견하게 되어 바로 안으로 들어갔다.

간단한 주문을 하고 윤재는 종현을 보았다.

종현은 자리에 앉자 천천히 이야기를 하기 시작했다.

"사실 이렇게 뵙자고 한 이유는 구로동에 있는 면도날 형님이 죽었기 때문입니다. 조직원들이 모두 병원이 입원을 하는 것에 다른 조직들이 우리 구로동을 노리고 침범을 하게 되어, 면도날 형님이 방어를 하려고 하였지만 조직원들이 없는 상황에서는 솔직히 막을 수가 없었습니다. 결국 면도날 형님은 그렇데 다른 조직원들에 의해 사라지게 되었고, 우리 조직은 완전하게 무너지게 되었습니다.

남아 있는 자금을 병원에 입원해 있는 동생들과 분배를
하고 저도 더 이상 조직생활을 할 수가 없게 되었기 때문
에 이렇게 찾아오게 된 것입니다. 저를 받아 주십시오.
더 이상 소매치기를 하지 않고 살고 싶습니다."

종현의 이야기를 듣고 있던 윤재는 대번에 종현이 더
이상 소매치기를 하기 싫어한다는 사실을 알 수가 있었
다.

나머지 내용에 대해서는 자신이 알 필요도 없었기 때
문에 따지지는 않았고 말이다.

"갑자기 왜 나를 따르고 싶다는 거지?"

"사실 저도 친하게 지내고 있는 여자가 있습니다. 그
런데 여자와 결혼을 할 생각을 하니 자식들에게 아버지가
소매치기라고 할 수 없을 것 같아서 그동안 그만두려고
했지만 조직이라는 것이 떠나게 되면 손목을 자르는지 아
니면 병신이 되어야 가능하기 때문에 고민만 하고 있었습
니다. 그런데 사장님이 저희 조직과 엉키면서 저에게는
기회가 오게 된 것입니다. 덕분에 이렇게 새로운 삶을 살
수가 있게 되었고요. 그래서 찾아오게 된 것입니다. 저를
받아 주십시오. 이제는 소매치기가 아닌 무슨 일을 하든
지 정상적인 생활을 하고 싶습니다. 저의 아내에게는 정

말 떳떳한 남편이 되고 싶습니다."

윤재는 종현이 하는 이야기를 들으며 충분히 이해를
하였다.

하지만 그렇다고 자신을 찾아온 것은 이해를 하지 못
하고 있었다.

자신의 인생을 왜 남에게 맡기려고 하는지도 이해가
가지 않았고 말이다.

"다 좋은 말이고 이해도 가는데 한 가지 왜 나를 찾아
온 것인지는 아직도 이해가 가지 않아."

"사실 제가 찾아오게 된 것은 사장님이 보물을 처분하
시려면 저의 도움이 있어야 하기 때문입니다. 그리고 제
가 알기로는 사장님은 지금 다른 일을 하시고 계신다고
들었습니다. 무슨 일이라도 좋으니 저에게 일을 할 수 있
는 기회를 주셨으면 해서 찾아오게 된 것입니다. 저를 옆
에 두시게 되면 절대 피해를 입지는 않을 것입니다."

종현은 자신이 옆에 있으면 많은 도움이 된다고 선전
을 하고 있었다.

윤재는 종현이 제법 머리도 있고 눈치도 빠르다는 것
을 이미 경험을 했기에 도움이 된다는 말에는 이해를 했
다.

하지만 솔직히 소매치기를 하던 놈을 옆에 두려고 하니 그리 좋은 기분이 아니라는 것이 마음에 걸렸다.

"나를 따르겠다고 하는 말은 고마운데 솔직히 나도 너를 거두기에는 마음이 내키지 않는다."

윤재는 솔직하게 말을 해주는 것이 종현에게도 좋겠다는 생각에서 말을 해주었다.

하지만 종현은 이미 윤재가 그런 말을 할 것을 염두에 두고 온 모양인지 바로 대답을 했다.

"저도 알고 있습니다. 저를 가까이 두기에는 불안하시다는 것을 말입니다. 저 진심으로 이번에 손을 씻고 싶으니 한 번만 기회를 주셨으면 합니다. 이렇게 간절하게 부탁드립니다. 사장님."

윤재는 종현이 왜 자신에게 저렇게 목을 매는지 이해를 할 수가 없었다.

하지만 종현의 입장에서는 조직생활을 떠났다고 해도 솔직히 아직은 불안한 것은 사실이었다.

다른 조직에 있는 인물들을 만날 수도 있었기 때문에 확실하게 윤재의 그늘에 들어가면 일단 자신의 안전이 보장이 되고 가장 중요한 것은 바로 종현이 결혼을 하려고 하는 여자와 자신이 확실하게 보호를 받을 수가 있다는 판단이 들어서였다.

종현의 입장에서는 결혼을 하게 되면 아내의 안전이 가장 걱정이 되었기 때문이다.

대부분의 조직원들이 결혼을 하지 않고 홀로 살고 있는 이유가 바로 가족들이 인질이 될 수도 있었기 때문에 홀로 살고 있었던 것이다.

종현도 결혼을 할 사람은 생겼지만 안전을 생각지 않을 수가 없었기에 강한 실력을 가진 윤재의 그늘에 숨어 살려고 하고 있었다.

윤재는 거절을 해도 끈질기게 달라붙는 종현을 보고 결국 진실을 이용하게 되었다.

윤재는 종현이 처한 사정을 읽고는 왜 자신을 찾아온 것인지를 확실하게 알게 되었다.

'흠, 소매치기를 하고 있으니 결혼을 하는 것이 걱정이 되기는 하겠지. 그리고 주변에 있는 놈들의 보복을 무시할 수는 없을 것이고 말이야. 그래서 나를 찾은 것이군 그래.'

윤재는 진실로 인해 종현이 왜 자신의 그늘로 들어오려고 하는지에 대해 확실하게 이유를 알게 되자 조금은 종현이 측은하게 느껴졌다.

"내가 하는 일이 어떤 일인지도 모르면서 무조건 내 밑으로 오겠다는 건가?"

"노가다를 한다고 들었습니다. 저도 몸은 건강하니 충분히 할 수가 있습니다. 사장님."

"좋아 그렇게 마음을 잡겠다는데 거절을 하면 곤란하겠지. 그러면 지금 거처를 하고 있는 곳은 어디야?"

종현은 윤재가 어디에 살고 있는지를 물으니 바로 대답을 하지 못하고 있었다.

그동안 종현은 사무실이 있는 건물에서 생활을 했기 때문이었다.

혼자 살고 있으니 따로 집을 준비하지 않았기에 그냥 편하게 사무실에 방을 만들어 그곳에서 생활을 하였던 것이다.

"아직 거처를 정하지는 않았지만 방은 바로 얻기만 하면 되니 문제가 없습니다. 사장님."

윤재는 종현이 그렇게 말을 하자 눈빛을 빛내면 물었다.

"가지고 있는 돈이 얼마나 있어?"

윤재가 직접 대놓고 묻자 종현은 거짓말을 할 수가 없었다.

지금 종현이 가지고 있는 돈은 대략 한 구억 정도 가지고 있었다.

"전에 주신 오억하고 합쳐서 한 구억 정도의 자금을 가지고 있습니다. 사장님."

종현이 거짓말을 하지 않고 가지고 있는 돈을 모두 이야기를 하자 윤재는 고개를 끄덕이고 있었다.

그런 윤재를 보고 종현은 이미 모든 사실을 알고 있다는 것을 알 수가 있었기에 속으로 안심을 하게 되었다.

'휴우, 거짓말을 하려고 하다가 그냥 진실로 말을 하였는데 이미 사장님은 나의 사정에 대해서 모두 아시고 계시고 있으니 차라리 잘되었다.'

종현이 그런 생각을 하고 있을 때 윤재는 종현의 거처를 이번에 자신이 있는 발라를 사게 할 생각을 하고 있었다.

옆에 있어야 도움을 주기도 좋았기 때문이다.

"그러면 그 돈 중에 일부를 가지고 여기 내가 살고 있는 발라를 사서 그곳에서 거주를 하도록 하고 결혼을 할 여자에게 집을 구경시켜 주도록 해. 아마도 여자는 집을 가지고 있다고 하면 결혼을 하는 것도 쉽게 해결이 될 수 있으니 말이야."

윤재의 말대로 집을 가지고 있는 것과 그렇지 않은 것은 천지차이였다.

결혼을 시작하면서 집을 가지고 시작할 수가 있다고 하면 아마도 모든 부모들이 그 결혼을 반대하지는 않을 것이지만, 아무것도 가지고 있지 않는 그런 사람과는 결혼을 반대하는 것이 당연한 일이었기 때문이다.

종현은 윤재가 하는 말을 들으면서 정말 자신은 왜 그런 생각을 하지 못하고 있었는지가 궁금해졌다.

'나는 왜 그런 생각을 하지 못하고 살았을까? 금방 사장님이 이야기한 대로만 해도 여자와 결혼을 하는 것은 그리 힘들지 않았을 것인데 말이야.'

종현은 윤재의 옆에 오면서 처음부터 배우는 것이 많아서 앞으로는 무슨 일이 있어도 윤재의 옆에 붙어 있어야겠다는 마음을 먹게 되었다.

"그렇게 하겠습니다. 그러면 집은 사장님이 소개를 해 주십시오."

"그렇게 하지. 아니, 오늘 온 김에 바로 가서 구경을 하고 사도록 하지."

윤재는 그렇게 말을 하고는 종현과 함께 자신이 살고 있는 빌라로 가려고 하였다.

종현도 눈치는 귀신이기 때문에 윤재가 지금 바로 구입을 하라고 하는 이유를 금방 깨달았다.

　오늘 집을 사게 되면 오늘부터 윤재의 옆에 있을 수가 있었기 때문이다.

　"알겠습니다. 바로 가시지요. 사장님."

　윤재와 종현은 그렇게 빌라가 있는 곳으로 걸어갔다.

　빌라의 사무실에는 아직도 퇴근을 하지 않고 있었기에 사무실의 문을 여니 안에 정 실장이 혼자 앉아 있었다.

　"아니, 사장님 이 시간에 어쩐 일이십니까?"

　"하하하, 정 실장님 오늘 집이나 한 채 팔아 드릴까 하고 왔습니다."

　윤재가 웃으면서 대답을 하니 정 실장은 윤재의 뒤에 있는 종현을 보게 되었다.

　"아이고 감사합니다. 역시 우리 사장님이 최고이십니다."

　정 실장은 윤재를 보고 손가락을 꼽으며 최고라고 말을 하며 높이고 있었다.

　종현은 윤재가 다른 사람들과 이야기를 하는 것을 보니 그냥 평범한 일반인같이 행동을 하고 있는 것이 신기하기만 했다.

'아니 어떻게 저렇게 행동을 할 수가 있는 거야? 우리와 만났을 때와는 완전히 다른 모습을 보여 주고 계시잖아?'

종현이 그렇게 생각하는 것도 이상하지 않았다.

윤재는 일반인을 만날 때는 그들에 맞추어 대화를 하고 있으니 말이다.

종현이 그렇게 생각하고 있을 때 윤재는 종현을 보며 이야기를 하고 있었다.

"여기 이 사람이 빌라를 구매하려고 하기 때문에 데리고 왔는데 방을 좀 보여 주세요. 정 실장님."

"당연히 그래야지요. 지금 남아 있는 곳은 사장님도 아시지만 삼층에 2호와 사층의 3호, 그리고 4호가 남아 있습니다. 이왕이면 사장님의 옆집으로 하는 것이 좋겠지요?"

윤재가 살고 있는 집이 삼층의 3호였기에 하는 소리였다.

아는 사람이 바로 옆집에 살면 서로 도움이 될 수도 있었기 때문이다.

"우선 삼층을 먼저 보고 이야기를 하지요."

"예, 가시지요."

정 실장이 먼저 일어서며 안내를 하기 위해 신발을 신

었다.

종현은 윤재가 일어서자 따라서 일어서서 윤재의 뒤만 졸졸 따라가고 있었다.

삼층에 안내를 받은 집은 전망이 나쁘지 않은 그런 집이었고, 방도 세 개라 조금 크기는 했지만 종현이 보기에는 아주 마음에 드는 집이었다.

"어때? 마음에 들지 않아?"

윤재가 묻자 종현은 바로 대답을 했다.

"예, 사장님 마음에 드는 집입니다."

"그럼, 이 집으로 하자. 사층도 있지만 나와 같은 층에 있으면 더 편하잖아."

"그렇게 하겠습니다. 사장님."

종현이 윤재의 의견에 무조건 따르는 것을 보는 정 실장은 윤재에게 확실히 무언가 자신이 모르는 것이 있다고 생각하고 있었다.

눈으로 보기에도 종현은 조폭 같이 보였기 때문에 가지는 생각이었다.

윤재는 그런 정 실장을 보고 바로 말을 했다.

"정 실장님, 오늘 바로 계약을 하고 싶은데 가능하시지요?"

"아, 그럼요. 지금 바로 내려가시면 계약을 하실 수가 있습니다."

"그런데 이 친구도 그렇게 돈이 많지는 않지만 현금으로 일시불로 계산을 하니 조금 싸게 주십시오."

"물론이지요. 현금으로 계산을 해주시는데 당연히 싸게 드려야지요."

정 실장은 윤재가 하는 말에 바로바로 대답을 하고 있었다.

그만큼 윤재에게 정 실장이 가지고 있는 기대심이 많았기 때문이기도 하지만 현찰로 일시불로 지불을 한다고 하니 사장도 좋고 정 실장도 좋았기 때문이었다.

현금으로 모두 지불을 하게 되면 은행에 들어가는 돈이 없어지고 그리고 법무사 비용도 그리 많이 들어가지 않았기 때문이다.

종현은 윤재와 이야기를 하고 있는 정 실장이라는 사람도 신기하기만 했다.

무슨 대화가 저렇게 술술 할 수가 있는지 신기하기만 한 종현이었다.

"우선 여기 계약서를 작성하시고 사인만 하시면 됩니다. 물론 돈은 여기 계좌로 보내 주시면 되고요."

정 실장은 바로 계약서를 꺼내 보여 주었다.

윤재는 정 실장이 보여 주는 계약서를 보며 종현을 보았다.

어서 작성을 하라는 뜻이었다.

종현은 윤재의 뜻대로 바로 계약서를 작성하게 되었다.

순식간에 계약서는 작성이 되었고 정 실장은 마지막으로 계좌를 보여 주었다.

"이쪽으로 일억 삼천만 입금을 시키시면 모든 것이 끝이 납니다. 여기 계시는 사장님은 일억 이천 오백에 구입을 하셨지만 솔직히 그 가격에 팔면 저희가 남는 것이 없어서 그렇게는 드리지 못하지만 최대한 가격을 싸게 해드리는 겁니다."

정 실장은 사장이 없기 때문에 자신이 가격을 내고할 수가 없었기에 자신의 선에서 최대한 해줄 수 있는 가격을 이야기해 주었다.

사실 다른 사람들은 그 가격에도 사지 못하는 금액이기는 했다.

평균 일억 사천 오백은 받고 있었기 때문이다.

하지만 윤재의 소개로 집을 사는 것이라고 하면 사장도 이해를 할 것이라는 계산을 하고 있는 정 실장이었다.

그만큼 윤재는 사장에게도 특별한 존재로 인식이 되고 있다는 이야기였다.

"그 가격이면 싸게 사는 거니 바로 결제를 해라."

윤재가 중간에 말을 하니 종현은 바로 대답을 했다.

"알겠습니다. 사장님."

종현은 가격이 문제가 아니었기에 윤재가 지시를 하자 바로 결제를 하게 되었다.

통장에 기본적으로 삼억 정도는 들어 있었기에 바로 결제를 해준 것이다.

이는 윤재에게 잘 보이기 위해 그런 것이지 결코 집을 사서 기분이 좋아 그런 것은 아니었다.

그러면서 종현의 입가에는 미소가 걸쳐지고 있다는 사실을 모르고 있는 모양이었다.

윤재는 결제까지 마무리를 하자 정 실장을 보며 추가로 해줄 수 있는 것을 말했다.

"정 실장님, 이 친구가 아직은 혼자이니 내일 바로 청소를 좀 부탁해도 되겠습니까?"

"그 정도는 충분히 해 드릴 수가 있으니 걱정하지 마십시오. 사장님."

정 실장은 윤재가 소개를 해서 집을 팔기는 했지만, 전액 현금으로 결제를 받았기에 솔직히 윤재가 아는 사람들이 대단하다고 생각이 들었다.

현금을 들고 집을 사러 다니는 사람은 없었기 때문이다.

물론 가끔 투자를 목적으로 그러는 분도 있기는 하지만 이는 가뭄에 콩이 나는 그런 일이었고 대부분이 융자를 받아 집을 사는 사람들이었다.

그러니 정 실장도 기분 좋게 청소 정도는 해결을 해주겠다고 한 것이기도 하고 말이다.

"우리는 그만 가자. 내일부터 청소를 하면 바로 가구를 장만해야 하니 말이다."

"알겠습니다. 사장님."

종현은 그저 윤재가 지시만 하면 대답을 하고 있었다.

정 실장은 그런 종현과 윤재의 사이가 조금 요상하게 느껴지기는 했지만 그렇다고 자신이 무슨 말을 할 수는 없는 입장이었기에 그냥 조용히 보고만 있었다.

"그럼, 정 실장님만 믿고 가겠습니다. 입주는 모레에 들어오는 것으로 하겠습니다."

"알겠습니다. 그렇게 알고 준비를 하겠습니다. 사장님."

정 실장은 아주 정중하게 인사를 하였다.

윤재는 그렇게 인사를 하고는 바로 종현과 나가 자신의 집으로 올라갔다.

집 안으로 들어온 윤재는 종현을 보며 이야기를 하기 시작했다.

"이제 앞으로는 소매치기를 하지 않겠다고 했으니 그 약속은 반드시 지켜야 할 것이다. 그렇지 않으면 그다음은 스스로 생각을 하기 바란다."

윤재는 종현을 보며 단단히 못을 박고 있었다.

절대 소매치기를 하지 말라고 말이다.

종현은 윤재의 눈에 일고 있는 살기를 보고는 절로 오금이 저리는 기분이 들었기에 바로 대답을 하였다.

"절대 그런 일은 없을 겁니다. 저도 이제 결혼을 하고 정말 사람답게 살고 싶습니다. 사장님."

"그렇다면 사귀고 있는 아가씨는 어디에 있는 거냐?"

윤재는 종현이 결혼을 하려고 하는 여자가 도대체 누구인지가 궁금해졌다.

저렇게 종현이 결혼을 하고 싶어 하는 여자의 얼굴이 보고 싶어졌다.

"제가 사귀는 여자는 지금 화곡동에 살고 있습니다.

그냥 평범한 꽃을 파는 아가씨인데 이쁘지는 않지만 친절하고 상냥한 아가씨입니다."

윤재는 종현이 사귀고 있는 여자라면 종현의 인생을 바꾸게 할 수가 있다는 생각이 들었다.

저런 생각을 하게 만드는 여자라면 일생을 함께해도 무방하다는 느낌이 들어서였다.

"그러면 언제 시간이 나면 그 아가씨와 함께 집으로 오도록 해라. 아가씨에게 살고 있는 집을 구경시켜 주겠다고 하면 아마도 나쁘게 생각지는 않을 것이니 말이다."

윤재는 아가씨와 종현이 자연스럽게 친하게 해주기 위해 그런 이야기를 했다.

여자라면 최소한 어느 정도의 경제력이 있는 남자를 보면 결혼이라는 것도 생각을 하게 될 수가 있었기 때문이다.

아직 종현이 혼자 짝사랑을 하는 것인지 아닌지는 모르지만 그렇게 결혼까지 생각을 하고 있을 정도면 짝사랑은 아니라고 보였다.

"그렇게 하겠습니다. 사장님."

"그런데 그 아가씨와는 어떤 사이냐? 설마 혼자 짝사

랑을 하는 것은 아니겠지?"

"아… 아닙니다. 혼자 그러면 어떻게 결혼을 생각하겠습니까. 절대 그렇지는 않습니다. 우리 연주 씨도 저를 많이 사랑하고 있습니다."

종현은 조직을 생활하는 놈치고는 그래도 건전하게 연애를 하고 있다는 생각이 드는 윤재였다.

확실히 여자 문제에 있어서는 저놈도 순진하다는 생각이 들었다.

물론 자신도 그렇지만 말이다.

"아가씨 이름이 연주인가 보네?"

"예, 이연주라고 합니다. 사장님."

"그래 연주 씨 이야기는 이제 그만하고 내일부터는 새집에 어울리는 가구를 사러 다녀야겠다. 그리고 내가 하는 일은 알고 있겠지만 내부 인테리어를 하는 것이다. 처음부터 일을 시작한다고 생각하고 열심히 하면 앞으로 많은 도움이 될 거다."

"알겠습니다. 그런데 소개를 하는 것은 어떻게 해야 합니까?"

"소개는 소개대로 해야지, 그거는 부수적인 일이잖아."

윤재의 대답에 종현은 속으로 다른 생각을 하고 있었다.

'아니, 부수적인 수입이 그렇게 크면 지금 하고 있는 일은 얼마나 많은 돈을 번다는 말이야?'

종현은 윤재의 말을 제대로 이해를 하지 않아서 생기는 오해였다.

"그러면 바로 소개를 하도록 하지요. 그런데 이번에는 무슨 물건입니까?"

"이번에도 도자기야. 물론 청자고 국보 급이지."

"허어, 도대체 사장님은 그런 물건을 어떻게 가지고 계시는 겁니까?"

"그거는 비밀이니 묻지 마."

종현은 윤재의 말에 그대로 입을 다물고 말았다.

말 그대로 비밀이라고 하니 자신이 더 이상 떠들어 보아야 결국 알지를 못하기 때문이었다.

종현은 일단 궁금한 것들이 있기는 했지만 우선은 참기로 하고 자신이 알고 있는 사람들을 모두 윤재에게 이야기를 하기 시작했다.

나름 자금을 가지고 있는 사람들이었고 신용도 있는 그런 인물들만 이야기를 하였다.

한참을 이야기를 듣고 있던 윤재는 종현을 보게 되었
다.

"너 이렇게 많이 알고 있으면서 그 재수 없는 놈을 소
개해 준 거냐?"

윤재의 말에 종현은 바로 당황하였지만 이내 빠르게
변명을 하기 시작했다.

"아… 아닙니다. 저도 정 회장이 그런 사람인지를 몰
라서 그런 것입니다."

"흠, 진짜지?"

윤재도 알고 있는 일이지만 다시 한 번 확인을 하는 차
원에서 물은 것이다.

"그럼요, 진짜입니다. 제가 사장님을 속여서 좋을 것
이 없지 않습니까."

종현은 윤재의 대답에 필사적으로 자신은 진심이라는
것을 이야기하고 있었다.

"그럼, 이번에는 제대로 된 사람을 소개해 주는 건
가?"

"예, 그렇게 하겠습니다. 안 그래도 지금 알아보고 있
는 중이었습니다. 사장님."

"좋아 그럼, 이번에는 믿어 보지."

종현은 윤재가 그렇게 말을 하자 은근히 뒤끝이 있다는 사실을 알게 되었다.

"최대한 확실한 사람으로 소개를 하겠습니다. 사장님."

종현이 하는 소리에 윤재는 고개만 끄덕여 주었다.

윤재도 모레부터는 다시 현장에서 일을 해야 하기 때문에 오늘과 내일밖에는 시간이 없었기에 종현을 위해 새로운 집에 필요한 물품들을 사주기 위해 하루 정도는 시간을 투자해 줄 수가 있었다.

"그 이야기는 나중에 다시 하기로 하고, 오늘은 전자제품을 보러 가자. 집에 어울리는 전자제품과 살림살이가 있어야 하지 않겠어. 그래야 신혼살림 같이 보이지."

윤재가 신혼이라는 말을 하자 종현은 어울리지 않게 얼굴을 붉히고 있었다.

윤재는 종현이 보기 보다는 순진한 구석이 있다는 것이 아주 마음에 들었다.

윤재가 일어서자 종현은 따라 일어서게 되었다.

두 사람은 그렇게 새집 살림을 사기 위해 움직이게 되었다.

종현의 집에 필요한 모든 살림살이를 사고 나니 제법

시간이 늦어서 결국 두 사람은 저녁을 먹고 가기로 했다.

"이제 더 필요한 물건은 없겠지?"

"예, 저 정도면 제가 필요한 것은 모두 산 것 같습니다. 그리고 부족한 것이 있으면 그때 가서 사면 될 것 같습니다. 사장님."

윤재와 종현은 전자제품을 모두 사게 되었고 내일은 청소를 하기 때문에 배달을 모레로 해달라고 해 두었다.

종현은 오늘과 내일은 윤재의 집에서 지내기로 하였다.

내일 청소를 하니 청소를 마치면 바로 집을 옮기려고 했지만 윤재가 가전제품이 모두 들어오고 옮기라고 해서 그렇게 하기로 했다.

윤재는 가전제품만 산 것이 아니라 침구와 이불 그리고 식기들을 모두 구입을 했기 때문에 이제 신혼집이라고 해도 믿을 수밖에 없을 정도였다.

새집에 모든 가구들이 새것으로 구입을 했으니 그렇게 생각하지 않을 수가 없었지만 말이다.

"자, 이제 모든 준비를 하였으니 가서 즐거운 마음으로 한잔 하도록 하자."

"좋습니다. 오늘 고생을 하셨으니 제가 사도록 하겠습니다. 사장님."

"그건 당연한 이야기고 가서 할 이야기도 있으니 분위기 좋은 곳으로 가자."

윤재는 이제 남아 있는 보물들을 최대한 빨리 처분을 하려고 하고 있었다.

보물은 원하는 사람이 있을 때 팔아야지 그렇지 않으면 제값을 받지 못할 수가 있다고 생각을 하고 있어서였다.

둘은 가볍게 한잔을 하기 위해 호프집으로 갔다.

그런데 술집에 도착을 하고 나니 종현이 누군가를 보고는 갑자기 얼굴이 굳어지는 것을 윤재는 보게 되었다.

"무슨 일이야?"

"아… 아닙니다. 사장님."

종현은 윤재의 말에 당황하면서 아니라고 부정을 하고 있었지만, 이미 윤재는 그런 종현이 누구를 보고 있었는지를 모두 보았기 때문에 자신에게 말을 하고 싶지가 않아서 그런 것이라고 생각을 하였다.

"말을 하기 싫어서 그런 것이라면 안 해도 되지만 나를 속이려고 하는 것이라면 하지 않는 것이 좋을 거야."

윤재의 눈빛이 조금 변하는 것을 보게 된 종현은 질겁을 하고는 바로 이야기를 했다.

"저기 사실은 저기 있는 놈들은 다른 조직에 속해 있는 놈들이라 조금 놀라서 그런 것입니다."

윤재는 종현이 말하는 놈들이 있는 곳을 보게 되었다.

눈으로 보아서는 그런 놈들로 보이지를 않게 생겼는데 그런 짓을 하고 있다는 것이 이해가 가지 않는 얼굴들이었다.

종현은 윤재의 얼굴에 나타나는 의문스러운 표정을 보고는 바로 답변을 이어 하기 시작했다.

"사장님, 저희 같은 일을 하는 애들은 겉으로 보기에는 순진하게 보이는 놈들이 많습니다. 그래야 의심을 하지 않고 접근을 할 수가 있기 때문입니다. 물론 그런 애들은 기술이 부족하기는 하지만 가끔은 그런 애들 중에서도 제법 기술이 좋은 놈도 있습니다."

종현의 설명에 윤재는 금방 이해가 갔다.

자신이 비록 그런 생활을 하지는 않았지만 그래도 주워들은 풍월은 있었기에 금방 알아들은 것이다.

"다른 조직원들이 있는데 놀라는 이유가 무엇 때문이야?"

윤재는 종현이 다른 조직원을 보고 얼굴이 굳어진 이유를 물었다.

"사실은 저희 조직을 무너뜨리기 위해 서울에 있는 다섯 개의 조직이 연합을 하였기 때문입니다. 결국 조직은 무너졌지만 아직 조직원들이 남아 있기 때문에 놈들이 저를 찾고 있는 것입니다."

윤재는 종현이 하는 말을 들으니 충분히 이해가 갔다.

면도날의 조직이 가장 강한 힘을 가지고 있었기에 다른 조직들이 그동안 보고만 있었지만, 자신에게 당한 조직원들이 모두 병원에 있으니 면도날의 조직이 다른 조직의 입장에서 보면 아주 먹기 좋은 먹잇감으로 보였을 것이라는 생각이 들어서였다.

"너를 잡으면 다른 조직원들이 어디에 있는지를 알 수가 있을 것이라는 말이지?"

윤재는 종현이 하는 말을 들으면서 나름 추리를 하고 물은 것이지만 종현은 윤재가 상당히 머리가 좋다는 것을 알았다.

'역시 사장님은 상당히 뛰어난 머리를 가지고 계시는구나. 내가 한 말을 듣고 바로 이런 추리를 하고 있으니 말이다.'

종현은 그렇게 생각하면서 윤재에게 오기를 잘했다는 생각을 하게 되었다.

"예, 아직 조직이 완전히 무너진 것은 아니라고 생각하고 있을 겁니다. 이미 조직원들은 병원에서 사라지고 없으니 말입니다."

종현이 윤재에게 오기 전에 이미 조직원들은 다른 곳으로 모두 피신을 하게 하였기 때문에 다른 조직에서 조직원들을 찾을 수가 없었던 것이다.

그리고 또 한 가지 종현은 조직원들에게 이미 상당한 금액을 주었기에 이들이 당분간은 숨어 있을 수가 있었다.

돈이 없으면 절대 숨고 싶어도 결국은 다시 나오게 되어 있기 때문에 종현은 그런 일이 생기지 않게 미리 조직의 자금 중에 일부를 이들에게 은신하는 비용으로 지급을 해주었던 것이다.

하지만 종현이 생각하는 것처럼 다른 조직에서 면도날의 조직원을 찾고 있지는 않고 있다는 것을 모르고 있었다.

면도날이 중요했지 다른 조직에서는 면도날의 조직원이 중요한 것이 아니었기 때문이다.

물론 종현이라면 약간 다를 수도 있겠지만 말이다.

윤재는 종현의 이야기를 들으며 지금 종현의 상황이 상당히 껄끄러운 것을 알게 되었다.

2장

보물들을 처분하다

맥주를 마시러 가서 이상한 이야기만 듣고 윤재와 종현은 다시 돌아오게 되었지만 윤재의 집에서 간단하게 맥주를 사다가 마시게 되었다.

"종현이 당분간은 나가지 말고 있어라."

"저도 그렇게 할 생각입니다. 당분간 조용히 있으면 저절로 잠잠해지겠지요."

"그래, 그렇게 해라. 그리고 소개를 한다는 사람은 어떤 사람이냐?"

"예, 종로에 있는 사람인데 상당한 자금을 보유하고 있는 인물입니다. 나름대로 이쪽 계통에서는 신용이 좋은 사람이고요."

"그러면 내일 만나자고 연락을 해 봐라. 나도 내일까지만 쉬고 모레부터는 일을 해야 해서 시간이 없으니 말이다."

윤재는 이제부터 다시 일을 시작해야 한다는 생각에 하는 말이었다.

이번 일을 마치게 되면 자신의 건물을 지을 생각을 하고 있는 윤재였다.

물론 자금은 은행을 이용하면 되니 그리 염려는 없었다.

자신이 가지고 있는 것이 보물이 아니라면 몰라도 보물이라는 것을 알게 되니 이대로 가지고 있기가 거북했기 때문에 하루라도 빨리 처분을 하려고 하는 것이었다.

"알겠습니다. 바로 연락을 해서 내일 만나시는 것으로 하지요. 사장님."

"그렇게 하자. 빨리 처분을 하고 내 생활을 시작해야지."

윤재는 가지고 있는 보물을 모두 처분하기로 결정을 하였다.

돈이라는 것이 없으면 불편하지만 많다고 해서 행복한

것은 아니라고 생각하고 있지만, 그래도 없는 것보다는 많은 것이 좋다고 생각하는 윤재였다.

지금까지 살아오면서 돈에 대한 지독한 구두쇠의 생활을 하였던 윤재였기에 아무리 많은 돈이 생겨도 흥청망청 사용하지는 않는다고 할 수가 있었기 때문이다.

종현의 연락으로 윤재는 바로 종로에 있다는 서 회장을 만날 수가 있었다.

윤재는 이미 은행에 가서 보물들을 모두 꺼내 품에 보관을 하고 있었다.

이 중에 팔찌는 지금 윤재가 손목에 끼고 있었는데 이 팔찌는 팔지 않을 생각을 하고 있는 윤재였다.

처음에 팔찌를 끼고는 얼마나 놀랐는지 몰랐다.

팔찌를 끼니 윤재에게 갑자기 몸이 시원한 느낌을 주면서 운기를 할 때 윤재에게 전보다는 더 많은 기를 보충해 주고 있었기 때문이다.

팔찌의 용도가 기를 더 많이 느끼게 해주는 것이라는 사실을 알게 되자 윤재는 죽을 때까지 팔찌는 팔지 않고 자신이 착용을 하기로 결정을 내리게 되었다.

"이런 보물은 다른 사람에게 팔아도 사용을 하지 못할 거야. 차라리 나에게 도움이 되니 팔지 말고 그냥 내가 착용을 하는 것이 좋겠다."

윤재는 그렇게 생각을 하고 팔찌를 차고 있었다.

팔찌는 남의 눈으로 보기에도 제법 아름다운 형태를 가지고 있었기 때문에 크게 문제가 되지는 않을 것이라고 보였기 때문이다.

종현의 소개로 오늘 팔려고 하는 것은 원앙으로 만들어진 도자기 한 쌍과 옥으로 만든 원숭이였다.

나머지 가지고 있는 손거울은 그냥 일반적인 골동품이기는 했지만 자신의 눈으로 보기에도 그리 값이 나가지 않을 것 같아 그냥 소지를 하기로 하였던 것이다.

손거울은 그냥 자신의 방에 그대로 두었는데 이는 가끔 윤재가 거울이 필요할 때 사용하기 위해 두었던 것이다.

누가 보아도 구리로 만들어진 거울을 욕심내지는 않을 것 같아서였다.

솔직히 윤재가 보아도 볼품이 없는 그런 물건으로 보이는데 누가 그런 물건을 가지고 가려고 하겠는가 말이다.

대부분의 사람이 골동품을 보는 눈이 좋지 않기 때문에 윤재는 안심하고 집에 두고 다닐 수가 있었기도 하고 말이다.

종로의 한 사무실에는 지금 윤재와 종현이 앉아 있었다.

그 앞에는 나이가 제법 있는 머리가 흰 남자가 비서인지는 모르지만 한 명의 건장한 남자를 뒤에 두고 앉아 있었다.

"허허허, 그래 좋은 물건이 있다고 했는데 어디 한 번 봅시다."

서 회장은 가끔 연락을 하던 종현이 이번에 국보 급의 물건을 처분하고 싶다는 이야기를 듣고는 솔직히 밤잠을 설쳐가며 기다리고 있었다.

전화를 받을 때도 가슴이 흥분이 되어 진정을 시키기 위해 청심환을 먹었을 정도였다.

윤재는 서 회장의 얼굴을 보고는 품에서 원숭이 조작부터 꺼냈다.

"여기 이 물건입니다. 귀한 것이니 조심스럽게 다루어 주시기 바랍니다."

"허허허, 그런 걱정은 하지 마시오. 내 이래 보아도 이런 일을 수십 년간 해 왔으니 말이오."

서 회장은 윤재의 말에 걱정 말라고 하고는 옆에 있는

흰 장갑을 끼고는 조심스럽게 원숭이를 확인하기 시작했다.

서 회장은 옥으로 만들어진 원숭이를 보면서 절로 감탄이 나오기 시작했는데 시간이 지나면서 더욱 놀라고 있는 모습이었다.

한참의 시간을 그렇게 보고만 있던 서 회장이 조심스럽게 물건을 다시 내려놓으면서 윤재를 보며 놀라는 눈빛을 하며 물었다.

"도대체 이 물건을 어떻게 구한 것이오? 내 생전에 이렇게 보전이 잘되어 있는 물건은 처음이오? 아무리 옥으로 만들어졌다고는 하지만 이미 수천 년이 넘는 세월을 이렇게 잘 보전을 할 수는 없는데 말이오."

윤재는 이미 지난번에 정 회장을 만나면서 그런 소리를 들은 기억이 있었기에 서 회장의 질문에 가볍게 대답을 해주고 있었다.

"물건이 보존이 잘되어 있으면 그 값어치가 올라가는 것이지 않습니까? 제가 구입 경로에 대해서는 말을 할 수가 없지만 저의 눈으로 보아도 보존은 확실하게 되어 이렇게 찾아오게 된 것입니다."

윤재는 서 회장을 담담하게 보면서 말을 해주었다.

서 회장은 그런 윤재의 눈빛을 보고는 절대 이 물건은 장물이 아니라는 것을 확신할 수가 있었다.

그리고 지금 자신이 보고 있는 물건은 국내에 처음으로 선으로 보이는 것이니 절대 훔쳐서 해결을 할 수가 있는 그런 물건이 아니었기 때문이다.

아마도 이 물건이 선을 보이게 된다면 국내의 고미술을 취급하는 사람들이 모두 놀라게 될 것을 절로 상상이 되어졌다.

서 회장은 이런 물건은 바로 국보로 지정이 될 수 있다는 사실을 알고 있기에 윤재를 보며 조심스럽게 물었다.

"얼마를 원하시오?"

"말로 달라고 하면 다 주실 것도 아니지 않습니까. 저는 회장님이 얼마나 주실 수 있는지를 듣고 싶습니다. 적당하다고 생각하면 서 회장이 오늘부터 이 물건의 주인이 되실 수가 있지만 그렇지 않으면 다른 분을 찾아야겠지요."

윤재는 서 회장을 보며 그렇게 대답을 해주었다.

서 회장은 종현과 함께 온 윤재의 대답에 자신도 모르게 침음성이 흘러나왔다.

"흐음."

서 회장은 이렇게 나오는 상대가 얼마나 까다로운지를 알기에 그런 것이다.

가격을 정하라고 해도 상대가 적당하게 주기를 바란다는 말은 이미 물건에 대해 어느 정도는 알고 왔다는 이야기였기 때문이다.

물론 가끔은 그렇지 않은 자가 있기는 하지만 지금 눈앞에 있는 인물은 그런 놈들과는 질적으로 다르다는 것을 서 회장도 느끼고 있었다.

"솔직히 국보 급의 물건은 구하고 싶다고 해서 구해지는 것이 아니라는 것은 알고 있을 거요. 그리고 국보 급의 보물은 그 가격을 정할 수가 없는 물건이기도 하고 말이오. 이 정도의 보존이 잘되어 있는 물건이라면 사실 최고의 값을 받을 수가 있을지도 모르지만 내가 줄 수 있는 금액은 백오십억 정도요."

서 회장은 주인만 잘 만나면 삼백억은 받을 수가 있는 물건이기는 하지만 주인이라는 것이 그렇게 쉽게 나오는 것도 아니기에 자신의 선에서 줄 수 있는 금액을 말하고 있었다.

이는 아직 정해지지 않은 물건에 대해 금액을 정하기가 가장 어려워서였다.

윤재는 서 회장의 대답에 솔직히 그 정도가 가장 적당하다고 생각하고 있었기에 바로 대답을 해주었다.

"그 가격이라면 거래를 하도록 하지요. 회장님."

서 회장은 윤재가 거래를 하겠다고 하자 이내 얼굴이 환해졌다.

이런 물건은 돈이 문제가 아니었기 때문이다.

"좋소. 그러면 대금은 어찌하시겠소?"

서 회장은 물건이 탐이 나기는 하지만 그렇다고 상대와 하는 거래에서 조급하게 굴지는 않았다.

"저는 세금 문제도 있으니 채권으로 받았으면 합니다. 물론 일부는 현금으로 주셔도 상관은 없습니다."

서 회장은 윤재의 말에 상대는 이미 이런 일에 대한 경험이 있다는 사실을 바로 알 수가 있었다.

오랜 시간을 이런 거래를 해 보았기 때문에 그 느낌은 절대 틀리지가 않았기 때문이다.

그리고 서 회장의 느낌으로 윤재는 아주 위험한 인물이라는 판단을 하였기 때문에 다른 생각은 하지도 않고 있었는데 이는 아주 잘한 일이기도 했다.

서 회장은 뒤에 있는 인물을 보며 손짓을 하였다.

이미 국보 급의 보물을 가지고 간다는 이야기를 들었

기 때문에 어느 정도는 자금을 준비를 하고 있었기 때문이다.

그리고 준비를 하지 않았어도 서 회장은 그 정도는 충분히 지불을 할 수가 있는 능력이 있기도 했고 말이다.

남자는 서 회장이 하는 귓속말을 듣고는 바로 고개를 끄덕이며 사라졌다.

윤재는 남자가 돈을 가지러 갔다는 것을 직감적으로 알 수가 있었다.

그렇지 않았다면 남자의 눈빛이 달라졌겠지만 그저 담담하게 미소를 지으며 고개를 끄덕이는 것을 보니 서 회장이 다른 생각은 하지 않고 있다는 것을 알 수가 있었다.

'흠, 이런 사람이라면 나머지도 그냥 파는 것이 좋지 않을까?'

윤재는 품에 남아 있는 한 쌍의 원앙도 서 회장에게 팔지를 고민하고 있었다.

종현은 옆에서 윤재가 하는 거래를 보고는 기겁을 하고 있었다.

'아니, 도대체 보물을 얼마나 가지고 있는 거야? 가지고 있는 것마다 국보 급의 물건이면 얼마나 부자라는 거야?'

종현은 윤재가 보물을 파는 것을 보면서 부러운 눈빛을 하기도 했지만 한편으로는 경외심이 절로 생기고 있었다.

　저런 인물과 이제부터 함께할 수가 있다는 사실이 종현의 가슴을 부풀게 하였기 때문이다.

　종현이 그런 생각을 하고 있을 때 윤재는 마침내 결정을 내렸는지 서 회장을 보았다.

　"회장님, 다른 작품도 구매를 하실 수가 있습니까?"

　윤재의 말에 서 회장은 절로 기대가 되는지 눈빛이 달라지고 있었다.

　"그 작품도 국보 급이오?"

　"그렇습니다. 아직 국내에는 나오지 않았던 작품이고 아까와 마찬가지로 보존 상태는 최상의 물건입니다."

　윤재는 그렇게 말을 하면서 품에서 한 쌍의 원앙을 꺼냈다.

　서 회장은 원앙의 색깔만 보고는 청자라는 것을 눈치를 채고 있었다.

　서 회장은 다시 장갑을 끼고 원앙을 들었다.

　전문 감정사가 없어도 될 정도의 실력을 갖춘 서 회장은 한 쌍의 원앙을 들로 이리저리 보고 있었다.

"오오, 이런 물건을 볼 수가 있다니……."

서 회장은 보면 볼수록 그 아름다운 색깔에 정신을 팔렸는지 감탄을 하고 있었다.

서 회장이 그렇게 감탄을 하고 있을 때 남자가 안으로 가방을 들고 들어오고 있었다.

남자는 서 회장이 무언가를 들고 감탄을 하는 것을 보고는 눈빛이 달라지기 시작했다.

남자의 눈으로 보기에도 귀한 물건이라는 것을 알 수가 있을 정도였기 때문이다.

아까 본 옥보다도 지금 보고 있는 청자가 사실 가격을 더 비싸고 국내에서 보다는 외국에 나가서 파는 것이 더 많은 돈을 벌 수 있었기 때문이다.

서 회장은 남자가 들어오는 것도 모르는지 한참을 그렇게 원앙을 보고만 있었다.

어느 정도의 시간이 지나자 서 회장은 원앙을 내려놓고는 아직도 흥분이 가시지 않은 눈빛을 하며 윤재를 보았다.

"이 원앙은 정말 대단한 보물이오. 그 가치만 따져도 최소한 국내에 나와 있는 물건들보다는 상위에 있을 것이라고 보이오. 하지만 내가 줄 수 있는 가격은 이백억이 전부요. 나도 더 주고 싶을 정도로 좋은 물건이기는 하지만 나도 장사를 하는 사람이니 말이오."

서 회장은 돈에 관한 이야기를 할 때는 바로 이성을 찾는지 눈빛이 달라지고 있었다.

이런 일을 하는 사람은 당연히 그렇겠지만 윤재는 그런 서 회장을 보며 속으로 욕을 하고 있었다.

'저렇게 벌려고 하니 돈이 모이지 않을 수가 없겠지. 빌어먹을 놈들, 가격을 후려치는 것은 아주 천부적인 재능을 가지고 있구나.'

윤재는 속으로는 그렇게 생각을 하고 있었지만 겉으로는 아무런 내색을 하지 않았다.

그리고 가장 중요한 것은 자신이 이런 물건을 처분할 재주가 없다는 것이다.

좋은 가격에 팔고 싶어도 아는 사람이 없으니 팔 수가 없었기 때문에 가지고 있어도 윤재에게는 아무런 도움이 되지 않는다는 것이다.

그리고 부관을 하려면 그에 따른 준비도 해야 하는데 윤재에게는 그런 재주가 없었다.

결국 윤재는 서 회장이 말한 금액에 물건을 처분하기로 마음속으로 결정을 하고 말았다.

가지고 있는 것보다는 파는 것이 자신에게 이득이라는 것을 알고 있었기 때문이다.

"그렇게 하지요. 돈은 아까와 마찬가지로 지불을 해주시기 바랍니다."

"걱정하지 마시오. 내 바로 지급을 하도록 하겠소. 허허허. 오늘 정말 좋은 거래를 하였으니 우리 함께 식사라도 하도록 합시다."

"아닙니다. 저도 일이 있어 오래 있을 수는 없습니다. 다음에 식사를 하도록 하지요."

윤재의 대답에 서 회장은 아쉽다는 표정을 지었지만 이내 그런 표정을 지우고 있었다.

그만큼 오랜 시간을 자신만의 노하우를 가지고 있는 인물이기에 표정 관리 정도는 할 수가 있어서였다.

윤재와 종현은 서 회장에게 돈을 받고는 조용히 사라지고 있었다.

서 회장은 마지막 가는 입구까지 따라 나올 정도로 윤재에게 신경을 써 주고 있었는데, 그 이유는 다음에도 이런 물건이 있으면 자신에게 올 것을 당부하기 위해서였다.

"허허허, 오늘 정말 좋은 거래를 하였소. 다음에도 이런 물건이 있으면 전화를 하시오. 내 만사를 제치고 시간을 내도록 하겠소."

"그렇게 하지요."

윤재는 서 회장이 주는 명함을 받았는데 그 명함이 조금 달라 보였다.

서 회장이 준 명함은 완전한 금으로 만든 골드 명함이었기 때문이다.

이는 서 회장이 그만큼 윤재를 인정하고 있다는 이야기였다.

금으로 만든 명함은 서 회장이 정말 큰 손님에게 주는 명함으로 아직까지 그 명함을 받은 사람은 두 명이 전부였는데 오늘 새롭게 한 명이 추가가 된 것이기도 하였다.

윤재와 종현이 사라지자 서 회장의 눈빛이 달라지기 시작했다.

"저기 나가는 이들을 추적해서 어디에 살고 있는지 무엇을 하는지를 모두 파악해서 보고를 해라."

"예, 회장님."

뒤에 있던 남자는 그렇게 대답을 하고는 바로 사라지고 있었다.

마치 무슨 그림자처럼 말이다.

윤재는 종현과 함께 차를 타고 이동을 하고 있는데 느낌이 이상해서 주변을 살피게 되었다.

'흠, 나를 미행하는 것인가?'

아마도 서 회장이 자신을 미행하고 있다는 생각이 들었다.

하기는 그런 보물을 두 개나 팔았으니 이상하게 생각지 않을 사람이 없겠지만 말이다.

돈이 많은 사람들은 특히 이런 암거래를 하는 인물들이 선량하게 장사를 한다고는 생각지 않는 윤재였다.

처음부터 거래를 하면서 이런 일이 생길 것을 염두에 두고 있었기 때문에 윤재는 차를 천천히 몰고 있었다.

어디 적당한 곳에 차를 세워 미행을 하는 자의 얼굴을 보기 위해서였다.

윤재는 그렇게 부천으로 가는 중간에 차를 세우게 되었다.

자신을 미행하는 차는 그리 멀리 따라오지 않았기 때문에 윤재가 차를 멈추자 그 차도 멈추게 되었다.

거리는 대략 한 삼십 미터 정도의 사이를 두고 미행을 하고 있는 것을 알게 되자 윤재는 차를 세우고 상대의 차가 있는 곳으로 걸어가고 있었다.

윤재가 자신이 타고 있는 차로 걸어오는 것을 본 남자는 솔직히 조금 당황하고 있었다.

자신의 미행을 이렇게 쉽게 간파가 되기는 이번에 처음이었기 때문이다.

'어떻게 알았지? 거리도 두고 있었는데 말이야.'

남자는 윤재가 오는 것을 보며 어떻게 해야 할지를 고민하기 시작했다.

서 회장이 원하는 것은 윤재의 모든 것을 알아 오라는 것이었는데 지금 자신이 윤재를 피하게 되면 아마도 다시는 찾을 수가 없을 것이라는 생각이 들어서였다.

남자가 그렇게 생각하고 있을 때 윤재는 더욱 자신과 가깝게 다가오고 있었고 결국 남자는 우선은 이 자리를 피하는 것이 좋겠다고 판단을 내리게 되어 바로 차를 출발하게 되었다.

윤재는 차량에 타고 있는 사람만 파악하기 위해 간 것이기 때문에 차가 자신이 가는 것을 알고 출발을 하자 조용히 서서 차 안에 있는 인물만 보게 되었다.

짙은 썬팅을 하였지만 윤재의 눈에는 안에 누가 있는지를 확인을 할 수가 있었다.

'흠, 서 회장과 함께 있었던 남자네. 미행을 한 것은

확실하네.'

윤재는 그렇게 생각을 하고는 서 회장이 주었던 금으로 만든 명함이 생각이 났지만 오늘은 그냥 돌아가는 것이 좋겠다는 생각을 하고는 그냥 자신의 차로 돌아가게 되었다.

"사장님, 무슨 일이십니까?"

"아니다. 내가 신경이 민감해져서 그런 모양이다."

윤재는 종현이 신경을 쓰지 않았으면 하였기에 그냥 편하게 생각하게 말을 돌려 이야기를 해주었다.

종현도 눈치는 백단이기 때문에 어설프게 말을 했다가는 절대 믿지 않을 것이기 때문이다.

종현은 윤재의 행동에 혹시 미행을 당하는 것인지를 생각하고 있었는데, 대답을 들으니 그렇지가 않다는 것을 알게 되자 윤재의 입장이라면 충분히 의심을 하고 있을 수도 있다는 생각을 하게 되었다.

사실 자신도 지금 윤재가 가지고 있는 돈을 보면 욕심이 나기 때문이었다.

저런 엄청난 금액을 가지고 있다면 어디론가 숨어 살아도 충분히 살 수가 있을 것이라는 생각이 들 정도였기 때문에 윤재가 조금 긴장을 할 수도 있다고 생각하고 있었다.

윤재는 종현과 함께 다시 출발을 하였지만 아까와는 다르게 다른 길로 이동을 하고 있었다.

물론 미행을 염려하여 한 행동이기는 했다.

한편 윤재로 인해 미행을 실패한 남자는 바로 서 회장이 있는 곳으로 가게 되었다.

상대가 이미 미행할 것을 알고 대비를 하고 있으니 더 이상 미행을 하기에는 곤란해서였다.

미행은 상대가 모르게 움직여야 하는데 자신은 이미 상대에게 미행을 눈치채게 하였으니 더 이상은 미행이 힘들었기 때문이다.

"회장님, 미행을 눈치채는 바람에 실패를 하였습니다."

"흠, 자네가 상대에게 걸리는 경우도 있네?"

서 회장은 약간은 의심스러운 눈빛을 하며 말을 했다.

남자는 그런 서 회장의 말에는 그리 신경을 쓰지 않는지 얼굴에 변화가 없어 보였다.

"상대는 많은 돈을 가지고 있으니 아무래도 주변에 많은 신경을 쓰고 있었기 때문인 것 같습니다. 죄송합니다."

"알겠네. 어차피 거래를 해 상관은 없으니 그만 돌아가게."

서 회장은 그렇게 남자가 나가는 모습을 보고 있다가 남자가 나가자 인상을 쓰기 시작했다.

"저놈은 언제 보아도 기분이 나쁘단 말이야. 다시 전화를 해서 다른 놈으로 보내 달라고 하면 들어줄까?"

서 회장이 데리고 있는 남자는 무술을 하는 조직의 수장에게 부탁을 하여 데리고 있었는데, 이 조직은 한국의 정부에 많은 도움을 주고 있어 서 회장도 어렵게 인연을 만들은 곳이라 아직은 사이가 그리 친밀하지 않았다. 그런데 이번에 작전에 실패하였으니 이것을 기회로 다른 인물로 보내 달라고 하면 어떨까라는 생각을 하고 있는 중이었다.

"아니야, 아직은 시간이 너무 빠를 수도 있으니 일단 보류를 하고 있다가 나중에 하기로 하자."

서 회장은 그렇게 생각을 하고는 오늘 구입한 물건들을 생각하며 입가에 미소를 짓고 있었다.

오늘 구입한 물건들은 최소한 자신에게 이백억 이상은 이득을 줄 수 있는 최상급의 물건들이었기 때문이다.

이런 물건을 가지고 있다는 사실도 신기했지만 정말

보존이 잘되어 있어 물건에 대한 소문만 내도 바로 주인이 나타날 정도로 소중한 보물들이었다.

"흐흐흐, 그놈들은 물건이 보물이라는 것을 알기는 하지만 진짜로 그 보물의 가치를 알았다면 그 정도의 가격에 물건을 팔지 않았을 수도 있으니 이번에는 아주 흥정을 잘한 보람을 느끼게 해주는구나."

서 회장은 이번 거래로 인해 자신의 재산이 엄청나게 불어나게 되었다는 것에 아주 흡족하게 생각하고 있었다.

미행을 시킨 이유는 다른 것이 아니라 혹시 다른 보물들도 가지고 있는지를 알아보기 위해서였지만 실패를 하여도 크게 문제는 없었다.

이미 자신이 얻은 이득으로도 충분하였기 때문이다.

윤재는 모두 세 가지의 보물을 팔고 얻은 이득이라고는 생각지 못할 엄청난 금액을 받았기에 보물의 가치를 생각지 않고 팔았던 것이다.

물론 어느 정도는 가치를 알고 있었지만 자신이 그런 물건을 팔 재주가 없었고, 그런 인맥도 없었기에 종현을 통해 물건을 구입할 수 있는 재력가를 찾은 것이다.

윤재와 종현은 무사히 집에 도착을 하게 되었다.

"오늘은 정말 수고를 했다. 그런데 수고비를 받지 않

아도 되는 거냐?"

"예, 오늘은 그냥 넘어가도 됩니다. 사장님."

종현은 윤재가 보물을 팔면 그에 대한 수수료를 받기로 했지만 오늘은 그냥 받지 않기로 했기에 하는 소리였다.

윤재는 종현에게 수수료를 받아 저금을 하라고 했지만 종현은 지금 가지고 있는 자금으로도 사는 것은 충분하다고 하면서 한사코 거절을 하였던 것이다.

종현은 이런 수수료가 중요한 것이 아니라 윤재의 옆에 있는 것이 더 많은 이득을 볼 수가 있다고 판단을 하였기 때문에 과감하게 수수료를 포기를 하였던 것이다.

사실 수수료를 윤재가 주지 않겠다고 해도 종현이 입장에서는 할 말이 없었지만 말이다.

무력을 동원한다고 해서 윤재를 어찌할 수 있는 존재가 아니라는 것은 이미 종현이 피부로 느끼고 있었기 때문이다.

대신 윤재의 곁에 있으면서 시간을 두고 이득을 얻으면 된다는 판단을 하게 되어 이번 일에 대한 건은 바로 포기를 하게 되었다.

윤재는 그런 종현을 보며 속으로 웃음만 지어 주었다.

'자식이 앞날을 보는 눈은 있어 가지고 말이야. 이번에 수수료를 포기하였으니 나중에 더 많은 돈을 벌 수 있게 해주마.'

윤재는 그렇게 생각하고는 기분 좋게 생각을 했다.

차를 세우고 바로 집으로 들어간 윤재는 내일 있을 현장에서 사용할 연장들을 모두 준비를 하기 시작했다.

차에 싫고 가야 하기 때문에 미리 준비를 해 두려고 하였던 것이다.

종현은 그렇게 많은 돈을 가지고 있으면서도 일을 하려고 하는 윤재가 정말 이해가 가지 않았지만 저렇게 살고 있는 것도 하나의 위장이 될 수가 있다고 생각을 하고는 윤재가 하는 일을 거들어 주고 있었다.

모든 준비를 마친 윤재와 종현은 거실에 앉아 즐겁게 술을 마시기 시작했다.

나가서 먹을 수도 있었지만 종현의 문제 때문에 당분간은 이렇게 집에서 술을 마시기로 하였다.

"사장님, 그렇게 많은 돈을 가지고 계시면서 왜 이런 일을 하시고 계시는 겁니까?"

"흠, 돈이 많기는 하지만 당장 그 돈을 사용할 수가 없다는 것을 모르고 하는 소리냐?"

윤재의 말에 종현은 이해가 가지 않는 표정을 지었다.

하지만 재차 하는 윤재의 말을 듣고는 바로 이해를 하게 되었다.

"아무리 돈이 많아도 그 돈을 모두 사용할 수가 없는 이유는 바로 세금 때문이다. 나에게 누가 돈을 빌려 주었다면 몰라도 보물을 팔아 돈을 마련했다고 하면 보물의 출처도 이야기를 해야 하고 나중에 문제가 될 수가 있으니 당분간은 사용을 하지 않을 생각이다. 확실한 자금의 출처가 생기기 전에는 말이야."

윤재의 대답에 종현은 자신도 지금 가지고 있는 자금에 대한 준비를 해야겠다는 생각을 하게 되었다.

비록 자신은 아직 사업자를 가지고 있어서 자금에 대한 출처를 조사 받지는 않고 있지만 이제는 사업을 하고 있다는 증거를 세무서에 제출을 하지 못하니 자금에 대한 확실한 출처를 준비를 해야겠다는 생각을 하게 되었다.

'나는 왜 저런 생각을 하지 못하고 있었을까? 분명히 나도 알고 있는 부분이었는데 말이야.'

종현은 윤재가 하는 이야기를 들으며 자신도 알고 있는 문제였는데 어째서 자신은 그런 문제에 대해 심각하게 생각을 하지 않았는지를 곰곰이 생각해 보았다.

자신은 그동안 사업을 한다고 하면서 아는 거래처에 전화를 하기만 하면 모든 자료가 준비를 해주었기 때문에 사실 너무 편하게 생활을 하였다.

그렇기 때문에 저런 생각을 하지 못하고 있었다는 것을 알게 되자 종현은 이제부터는 예전의 행동을 잊고 새롭게 모든 것을 시작해야겠다고 마음을 먹게 되었다.

윤재와 종현은 그렇게 윤재가 하는 일을 함께하기 시작했고 윤재와 일을 하는 성재와 종혁도 종현을 한식구로 일을 하게 되었다는 소리에 아주 반갑게 종현을 대해 주었다.

"종현아, 여기 좀 잡아 줘라."

"예, 형님."

종현은 윤재와 함께 일을 하면서 정말 사람은 일을 해야 한다는 것을 몸으로 체험을 하고 있었다.

소매치기를 하면서는 사실 항상 불안에 떨었는데, 지금은 정당하게 일을 하고 돈을 벌 수 있다는 사실을 직접 체험을 하면서 자신도 이제는 떳떳하게 살 수가 있다는 사실에 아주 만족을 하고 있었다.

그리고 가장 중요한 것은 종현과 사귀고 있는 아가씨를 처음으로 집으로 초대를 하였다는 것이다.

연주는 종현의 초대에 조금 놀라기는 했지만 수줍게 종현의 초대를 수락해 주었다.

종현은 연주를 자신의 집에 초대를 하였고 그날은 연주에게 자신이 하고 있는 일을 모두 이야기해 주었다.

예전이라면 절대 말을 하지 않았겠지만 지금은 하고 있는 일에 대해 아주 자세히 할 수가 있었다.

비록 노가다라고는 하지만 종현에게는 처음으로 자부심을 가지고 하는 일이었기 때문이다.

연주는 종현이 인테리어를 한다고 하자 얼굴이 아주 밝아졌는데 이는 종현의 얼굴이 전에는 위험한 짓을 하고 있는 것 같았기 때문이었다.

연주는 첫사랑이 실패로 끝났지만 나이가 어느 정도 있어 결혼을 생각해야 하는 나이가 되었다.

종현이라는 사람을 만나 새롭게 사랑을 키워 나가려던 차에 항상 연주를 불편하게 만드는 것 중에 하나가 바로 종현의 직업이었다.

연주가 종현을 만나면서 무슨 일을 하냐고 물어도 종현은 그저 나중에 알려 주겠다고 대답만 하고 연주를 불안하게 만들었는데 집을 장만하여 자신을 초대를 하였다고 하니 연주는 그동안에 가지고 있었던 모든 불안이 사라지는 기분이었다.

"종현 씨, 이런 집을 은행에 대출도 받지 않고 샀다고 하니 정말 믿어지지가 않아요."

종현은 연주가 하는 말에 기분 좋게 웃었다.

"하하하, 그동안 연주 씨가 무슨 일을 하냐고 물을 때마다 사실 말을 해주고 싶었지만 지금 보고 계시는 집을 사는 것이 저의 목표였기 때문에 이 집을 사서 연주 씨에게 보여 주고 싶어서 참고 있었습니다."

종현도 말빨은 누구에게도 지지 않을 정도로 단련이 되어 있는 놈이었기에 연주에게 말을 하는 것은 그리 어렵지가 않았다.

그리고 연주를 만나 처음으로 여자에 대한 사랑이라는 것을 알게 되기도 했고 말이다.

그런 연주에게 자신의 과거에 대해서는 말을 하고 싶지 않았기에 과거에 대한 이야기를 빼고 말을 하고 있었다.

물론 앞으로는 과거의 일에서는 완전히 손을 씻을 생각이었다.

윤재가 있으니 절대 그런 생각을 하지 않는 것도 있었지만 말이다.

연주는 종현의 말에 눈에 완전히 하트가 그려지고 있었다.

눈앞에 있는 남자가 이 집을 사기 위해 얼마나 많은 고생을 하였을지가 생각이 들었고 자신에게 그런 이야기를 하고 싶었지만 확실하게 목적이 달성이 되어야 말을 하기 위해 참고 있었다는 말도 이제는 모두 믿을 수가 있게 되었다.

종현은 연주를 오늘 집으로 초대를 한 이유가 바로 결혼에 대한 이야기를 하기 위해서였고, 연주가 오자 자연스럽게 등기부등본을 보여 주며 은행에 융자를 받지 않고 샀다는 것을 알게 해주었기 때문이다.

모든 서류가 증거물로 있는데 믿지 않을 재주가 없는 연주였다.

"종현 씨, 정말 대단해요."

연주가 종현에게 대단하다는 말을 하자 종현은 지금이 기회라고 생각을 하며 입을 열었다.

"연주 씨. 그동안 참고 있었지만…… 저와 결혼해 주시겠습니까?"

종현은 연주가 감동을 하고 있을 때가 가장 적기라 생각하고 청혼을 하였던 것이다.

연주는 생각지도 못하게 청혼을 받게 되자 얼굴이 붉어졌다.

하지만 이런 집을 살 정도의 능력을 가지고 있는 종현을 놓치고 싶지는 않았기에 고개를 살며시 끄덕이고 있었다.

"저도 좋아요."

연주의 작은 목소리에 종현은 너무도 기분이 좋았는지 갑자기 고함을 쳤다.

"와아, 연주 씨 정말 고맙습니다."

종현이 저렇게 좋아하는 것을 보자 연주도 기분이 좋았다.

여자는 자신을 사랑해 주는 남자와 살아야 행복하다는 말이 연주의 머릿속에 갑자기 떠올랐기 때문이다.

남자도 그렇고 여자도 그렇고 서로가 원해서 하는 결혼이라면 몰라도 그렇지 않고 다른 목적을 가지고 있다면 그 결혼은 오래가지 않을 수가 많았기 때문이다.

종현은 그렇게 연주에게 청혼하여 수락을 받게 되었고 연주와 이야기를 하여 조만간에 그녀의 집에 인사를 가기로 서로 이야기를 마친 상태였다.

종현은 자신이 신상에 대해 이미 연주에게 모든 이야

기를 해주었기 때문에 연주도 종현이 지금은 고아라는 사실을 알고 있었다.

원래는 종현도 부모님이 있었지만 사고로 인해 두 분이 모두 돌아가시는 바람에 고아가 되었다.

연주도 아버지가 사고로 돌아가셨기 때문에 종현의 아픔을 충분히 이해를 해주고 있었고 그렇게 두 사람은 서로의 사랑을 키워 가고 있었다.

3장
손거울의 정체

윤재는 항상 일을 마치고 집에 도착을 하면 가볍게 샤워를 하고 바로 운기를 하는 버릇이 있었다.

오늘도 윤재는 빠르게 씻고 운기를 시작하였는데, 오늘은 윤재의 손목에 차고 있던 팔찌에서 전과는 다르게 강한 기운들이 윤재의 몸으로 흡수가 되고 있었다.

'헉! 뭐가 이렇게 많은 거야?'

윤재는 갑자기 팔찌에서 많은 기운들을 자신에게 주자 전과는 다르게 조금 놀라고 있었다.

하지만 수련한 시간들이 있는 윤재였기에 이내 차분하게 팔찌가 주는 기운들을 흡수하기 위해 더욱 운기에 박 차를 가하고 있었다.

이마에 송글송글 땀방울이 흘렀지만 윤재는 팔찌가 주는 기운들을 모두 자신의 것으로 만드는 것에 성공할 수가 있게 되었다.

윤재가 운기를 마치고 나서 시간을 보니 벌써 새벽 4시가 되어 있는 것을 보게 되었다.

"아니 벌써 시간이 이렇게 지난 거야?"

윤재는 자신이 무려 8시간 동안 운기를 하였다는 것을 알게 되자 절로 눈이 커지고 있었다.

산에서 수련을 할 때도 이렇게 오랜 시간을 운기 한 기억이 없는 윤재였기에 오늘의 운기로 인해 몸에 상당한 기운을 비축하게 되었다는 것을 알았다.

윤재는 몸에 있는 기운들을 생각하며 입가에 자신도 모르게 아주 흡족한 미소가 생기고 있었다.

윤재는 자신의 모습이 갑자기 보고 싶어 책상에 있는 손거울을 보게 되었는데 자신도 모르게 조금 과하게 거울에 내기를 주입하게 되었다.

그때, 갑자기 거울의 안에 윤재가 보기에도 요상한 글이 나타나고 있었다.

"어? 이게 뭐지?"

거울 안에서는 윤재도 모르는 글이 나타났는데 고대 가림토의 글이라는 것을 윤재도 어렴풋이 알게 되었다.

그런데 거울 속에 있던 글들이 마치 춤을 추는 것처럼 빛나면서 윤재의 눈으로 파고드는 것이었다.

"으아악, 이게 뭐야?"

윤재는 갑자기 글들이 자신의 눈 속으로 들어오려고 하자 놀라서 거울을 놓으려고 했는데 거울은 마치 자석에 붙은 것처럼 떨어지지가 않았다.

거울 속에 있던 글자들은 모두 빠르게 윤재의 눈 속으로 스며들었고, 윤재의 손에 있는 거울은 저절로 금이 가기 시작했다.

쩌쩌적.

일순간에 일어난 일이지만 윤재도 상황을 파악하지 못할 정도로 순식간에 일이 진행이 된 것이기도 했다.

윤재는 갑자기 거울 속에 있던 글들이 자신의 눈 속으로 들어오는 것을 기억하고는 솔직히 조금은 두려움을 느끼게 되었다.

하지만 몸에는 아무 이상이 없자 윤재는 이상하게 생각을 하며 손에 들린 거울을 보기만 했다.

무슨 내용인지 기억도 나지 않고 순식간에 사라졌기에

윤재도 무슨 뜻인지를 알지 못했다.

"도대체 나에게 왜 이런 일들이 생기는 거지? 나에게 원하는 것이 무엇이기에 이런 일들을 경험하게 하는 걸까?"

윤재는 하늘이 이런 기연을 주면 반드시 무언가를 원하는 것이 있을 것이라는 생각을 하고 있었다.

이유 없는 친절은 없다고 생각하는 사고방식 때문이었다.

자신이 가지고 있는 지금의 재주만 해도 엄청난 기연이었는데 또 무언가를 더 주었다는 것은 지금 가지고 있는 재주보다 더 많은 힘을 가지고 있어야 한다는 느낌이 들었기 때문이다.

하지만 윤재가 아무리 생각을 한다고 해서 알 수가 있는 문제가 아니었기에 결국 윤재는 시간이 지나면 알게 되겠지라는 생각을 하며 지나가게 되었다.

이미 늦은 시간이라 잠을 잔다는 것은 포기를 하고 윤재는 오늘 해야 하는 일들을 생각하게 되었다.

현장의 일은 아주 수월하게 진행이 되었고, 사장도 윤재가 하는 일을 보고는 더 이상 말을 하지 않고 있었다.

그만큼 사장도 윤재를 인정한다는 이야기였다.

—이 사장, 오늘 자재값 결제를 좀 해 주었으면 하는데 말이야.

윤재의 핸드폰으로 걸려 온 전화에는 자재값을 달라는 전화였다.

"예, 이따가 저녁에 바로 보내 드릴게요. 그런데 사장님 이번에 제가 건물을 짓게 되었는데 이번에는 조금 결제일을 조금 늦춰 주었으면 합니다."

—어? 건물을 짓는다고? 정말인가?

"예, 제가 땅을 조금 사게 되었습니다. 제 명의로 짓는 거니 결제는 신경을 쓰지 마시고 날짜만 조금 여신을 주시면 됩니다."

자재상의 사장은 윤재가 자신의 명의로 건물을 짓는다고 하자 윤재라면 걱정이 없다고 판단을 하게 되었다.

윤재는 자재에 대해서는 항상 신경을 쓰고 있었지만 결제에 대해서도 칼같이 하고 있었기 때문이다.

하지만 건물을 짓는다고 하니 아마 결제일이 지금과 같이는 하지 못하기 때문에 여신을 달라고 하는 것을 자재상의 사장도 충분히 이해를 했다.

—이 사장이 직접 건물을 짓는 거라고 하니 그렇게 하지. 하지만 이번뿐이네.

"하하하, 걱정하지 마세요. 저 아직 신용이 좋습니다."

─그거야 내가 인정을 하니 그렇지.

"하하하, 앞으로 잘 부탁드립니다. 사장님."

윤재는 그렇게 결제에 대한 문제를 마무리하고 전화를 마쳤다.

하지만 옆에 있던 성재와 종혁은 윤재가 건물을 짓는 다는 소리에 눈이 동그래지며 윤재를 보고 있었다.

"언제 땅을 산 거냐?"

종혁은 윤재가 땅을 가지고 있다고 하니 물은 것이다.

"전에 구입을 해 두었던 것입니다. 그런데 위치가 시내에 있는 것이라 오래 두지 못할 것 같아 이번에 현장이 끝나면 바로 시작을 하려고 합니다."

윤재의 말에 두 목수는 부러운 눈빛을 하며 윤재를 보게 되었다.

항상 자신들과 함께 일을 하고 있었는데 언제 저렇게 커졌는지를 모르게 날로 성장을 하고 있어서였다.

"자식이 이제는 진짜로 크게 노는구나. 건물을 가지고 있으면 돈이 되기는 하지."

성재는 건물주가 되려고 하는 윤재를 보며 축하를 해 주고 있었다.

"그래 미래의 건물주가 나중에 우리에게 작은 가게라
도 줄지 모르니 열심히 하자고."

종혁의 농담에 성재는 바로 호응을 해주었다.

"그럼요. 미래의 건물주는 절대 혼자 독식을 하지는
않을 겁니다. 형님."

성재와 종혁이 그런 농담을 하고 있었지만 종현은 다
른 생각을 하고 있었다.

'사장님이 다른 무언가를 시작하기 위해 움직이시려고
하시는 걸까?'

종현은 윤재가 가지고 있는 재산이 얼마인지 대강은
알고 있었기에 하는 생각이었다.

종현은 그동안 윤재와 함께 일을 하면서 많은 것을 배
우고 있었지만, 윤재가 하는 속도는 누구도 따라 하지 못
한다는 것을 알게 되었다.

평소에도 윤재는 두 목수보다도 두 배는 더 열심히 일
을 하고 있었는데, 문제는 두 배를 더 하면서 확실하게
일을 한다는 것이 문제였다.

그 덕분에 두 목수가 아주 죽을 지경이었지만 말이다.

현장에 일을 하는 목수가 세 명이 한다고 하면 웃기는
일이겠지만 윤재가 하면 웃기는 것이 아니었다.

윤재는 혼자서 해도 세 명의 몫은 충분히 할 수가 있었기 때문에 두 목수도 말을 하지 못하게 만들었다.

비록 일이 고되기는 하지만 그래도 윤재가 이들에게 충분한 돈을 주고 있어 이들은 보름에 한 번씩 받는 간주에 아주 만족하고 있었다.

이제 종현도 윤재가 하루 일당을 십만 원씩 주고 있었기 때문이다.

물론 두 목수는 종현의 두 배는 받고 있었지만 말이다.

윤재는 그렇게 주고도 남을 정도로 일을 열심히 하고 있다는 이야기였다.

인테리어 작업이라는 것이 사장의 마음에 들지 않으면 다시 해야 하는데 윤재가 한 일은 절대 그런 일이 없었기에 윤재는 충분한 이득을 보고 있었다.

"하하하, 형님도 농담을 잘하시네요. 하지만 건물을 짓는데 도움을 주시면 한 번 생각해 볼게요. 아직 상가를 지을지 빌라를 지을지는 생각지 않았는데 위치가 상가를 짓는 것이 좋다고 하네요."

윤재는 땅이 있는 위치를 알려 주며 상가를 짓는 것이 돈이 된다는 이야기를 해주었다.

두 목수도 윤재의 이야기를 듣고는 빌라보다는 상가를

짓는 것이 좋다는 생각을 하고 있었다.

시내라면 상가라고 해도 충분히 분양이 잘 될 수가 있었고, 그렇지 않아도 충분히 세를 놓을 수가 있었기 때문이다.

윤재는 건물을 짓고 팔 생각은 없었기에 모든 점포를 세놓을 생각을 하고 있었다.

물론 그 일은 정 실장을 염두에 두고 생각한 것이지만 말이다.

윤재는 현장의 일을 마치기 위해 마지막으로 최선을 다해 움직이고 있었다.

그때 사장이 윤재를 찾았다.

"이 사장, 잠시 나 좀 봅시다."

"예, 사장님."

윤재는 바로 사장이 있는 곳으로 갔다.

"이 사장, 이번 현장이 끝나려면 얼마나 걸리겠소?"

"제가 보기에는 다음 주면 마무리를 할 수가 있을 것 같습니다."

사장은 윤재가 참 빠르게 일을 한다고 생각을 하고 있었다.

윤재가 하는 일에는 정말 꼼꼼하여 자신이 말을 하지

않아도 될 정도로 일을 완벽하게 해주고 있으니 말이다.

거기다가 시간도 줄여 주고 있으니 실력은 사장도 충분히 인정을 하고 있었다.

"이 사장, 이번 현장이 끝나면 당분간은 일이 없을 것 같아서 말이오. 아직 땅이 매입이 되지 않아 일이 이어지지가 않아요."

사장은 자신의 형장이 아니면 다른 현장이라도 소개를 해주겠다고 하였기 때문에 지금 윤재를 불러 이야기를 하고 있었다.

사장은 사실 자신의 욕심 때문에 윤재를 다른 현장에 소개를 해주고 싶지가 않아서였다.

윤재의 실력이라면 다른 현장에서 일을 하면 분명히 다른 현장의 사장들이 그런 윤재의 실력을 보고 탐을 낼 것으로 보였기 때문이다.

최소한 다른 지역은 모르겠지만 이 지역에서는 윤재가 하는 공사는 자신의 빌라만 해주었으면 하는 것이 사장의 생각이었다.

물론 자신이 욕심을 부리고 있다는 것을 사장도 모르지는 않았다.

하지만 그래도 욕심이 나는 것을 어쩌란 말인가.

윤재는 사장이 하는 이야기를 들으면서 자신의 건물을 빨리 진행해야겠다는 생각을 하게 되었다.

그렇지 않으면 나머지 사람들이 놀 수가 있다는 생각이 들어서였다.

최소한 자신이 책임을 지고 있는 인부들은 일거리를 멈추게 하고 싶지가 않아서였다.

비록 인테리어 목수의 일거리는 아니지만 그래도 목수들이기 때문에 건물을 짓는 일도 할 수가 있었기 때문이다.

"얼마나 쉬어야 합니까?"

"아직 정해지지 않아서 답을 주지는 못하지만 올해 안에 다시 시작하는 것은 약속을 할 수가 있소."

사장은 윤재를 보며 미안한 얼굴을 하며 대답을 하였다.

솔직히 윤재가 다른 현장에 가서 일을 하고 싶다고 하면 일을 주지 않을 현장이 없다는 것을 사장도 알고 있었기 때문이다.

"알겠습니다. 그러면 우리는 다른 일을 찾아보겠습니다. 안 그래도 건물을 짓는 것이 있었는데 그쪽으로 일을 하지요."

"아, 그러면 다행이고요. 이 사장에게 미안해서 오게 된 거요. 오해는 하지 않았으면 좋겠소."

사장도 미안한지 윤재에게 오해를 하지 말라고 하고 있었다.

윤재는 그런 사장을 보고 입가에 미소를 지으며 알았다고 대답을 해주었다.

"알겠습니다. 그러면 일을 마치고 저희는 일단 철수를 하는 것을 알고 있겠습니다. 사장님."

"그렇게 하시오. 마무리를 하면 바로 인건비를 은행으로 넣어 드리겠소."

윤재는 그렇게 사장과 대화를 마치고는 바로 동료들이 있는 곳으로 왔다.

윤재가 돌아오자 가장 먼저 종혁이 입을 열었다.

"사장이 뭐라고 하나?"

"다음 현장이 없어 미안하다고 하네요."

"내가 저럴 줄 알았다. 다른 현장을 소개해 준다고 하고는 소개를 안 해주는 것을 보니 자기 혼자 욕심을 부리겠다는 이야기지."

"형님, 전에도 이야기를 했지만 건축주를 믿으면 배고 픕니다. 처음부터 저렇게 될지 알고 있지 않았습니까."

"그러게 말이다. 일을 너무 잘해 주니 그런 것이 아니냐."

"하하하, 우리는 항상 일을 잘한다고 소문이 나면 되지요. 그러면 지금은 어려울지 몰라도 나중에는 정말 우리에게 일을 주려고 몰려오게 될 겁니다."

윤재의 말에 두 목수는 인정은 하지만 그게 그렇게 쉬운 일이 아니니 문제라고 생각하고 있었다.

대한민국에 목수 일을 하는 사람이 얼마나 많은데 그 중에서 자신들만 골라 일을 시키려고 하겠는가 말이다.

"좋게 생각을 하니 다른 말을 하지 않아도 되겠다. 그러면 바로 건물을 지으려고 하는 거냐?"

종혁은 눈치가 있는지 윤재를 보며 바로 건물을 지으려고 한다는 것을 알았다.

"예, 여기 현장이 끝나면 바로 시작할 수 있게 바로 시작을 해야겠네요. 저 내일부터는 조금 바빠서 현장에 있을 수가 없을 것 같으니 삼 일 동안만 수고 좀 해주세요."

윤재가 왜 현장에 나오지 못하는지 그 이유를 알기에 두 목수는 고개를 끄덕였다.

"알겠다. 여기는 걱정하지 말고 일이나 잘 보도록 해라."

"그래, 너가 없어도 다음 주면 일을 마무리할 수 있을 것 같으니 그냥 편하게 생각하고 일을 봐라."

"예, 그럼, 저는 잠시 나가야겠네요."

윤재는 그렇게 말을 하고는 정 실장이 있는 빌라 사무실로 가게 되었다.

현장의 일을 마치면 종현이 뒷정리를 하기 때문에 걱정을 하지 않아도 되었기 때문이다.

정 실장은 갑자기 자신을 찾아온 윤재를 보고는 조금 놀라는 눈빛을 하였다.

"아니, 사장님이 이 시간에 어쩐 일이십니까?"

정 실장은 윤재가 일을 시작하면 절대 시간을 내지 않는 것을 알기에 하는 소리였다.

윤재는 정 실장이 놀라는 모습을 보고 입가에 미소를 지었다.

"하하하, 정 실장님이 보고 싶어 오게 되었습니다."

"에이 그런 거짓말에 제가 속을 줄 알았습니까. 무슨 일이신데요?"

정 실장은 이제 윤재가 하는 말만 들어도 목적이 있는지 없는지를 파악하는 단계에 접어들고 있었다.

"이거 정 실장님은 이제 저에 대해 너무 많은 것을 아시고 계시는 것 같습니다. 조심해야겠는데요. 하하하."

"아이고 왜 이러십니까. 이 사장님."

정 실장은 그런 윤재를 보며 억울하다는 표정을 짓고
있었다.

윤재는 이제 본론에 대해 이야기를 해야겠다는 생각을
하였는지 정 실장에게 본론을 이야기하기 시작했다.

"오늘 제가 온 이유는 혹시 정 실장님 아시고 계시는
건축주가 있는지 물어보기 위해서입니다."

"건축주요? 갑자기 건축주는 왜 찾으시는지요?"

"저번에 산 땅에 건물을 지으려고 하는데 아는 사람이
없어서 그렇습니다."

"아니, 사장님이 직접 건축을 하시면 되지 않습니까?"

정 실장은 이상하다는 표정을 지으며 윤재를 보았다.

정 실장도 분양을 십 년이 넘는 세월 동안 하였기 때문
에 건축주가 되는 것에 대해서는 어느 정도 알고 있었기
에 하는 이야기였다.

윤재는 자신이 직접 하려면 도면부터 시작해서 새롭게
인연을 만들어야 하는 부분이 많았기 때문에 그냥 건축주
에게 공사를 주려고 하고 있었던 것이다.

하지만 정 실장의 이야기를 들으니 자신이 직접 건축

을 하면 어떨까라는 생각을 하게 되었다.

"제가 직접 건축을 하려면 자격증도 있어야 하고 부족한 것이 많으니 이번에는 남에게 주어 공사를 하면서 배우려고 하는 겁니다. 그래야 저도 쉽게 공부를 할 수가 있을 것 같아서요."

"그런데 그렇게 하시면 손해가 많으실 텐데요?"

정 실장은 자신이 직접 하는 것과 남에게 주는 것은 차이가 많다는 것을 알기에 하는 소리였다.

그래서 빌라 같은 경우에는 건축주가 직접 집을 지어 분양을 하는 것이었다.

그렇게 하지 않으면 남는 것이 별로 없었기 때문에 어쩔 수 없는 선택이었다.

대부분이 예전에 집 장사를 하는 사람들이 지금 그렇게 일을 하고 있는 것이기도 하고 말이다.

윤재는 정 실장이 하는 이야기는 충분히 이해를 하지만 그래도 자신이 아직은 모르는 부분이 많기 때문에 직접 집을 짓는 것은 곤란하다고 생각하고 있었다.

아직 경험도 없는 놈이 무턱대고 일을 시작했다가 나중에 애를 먹을 수도 있었기 때문이다.

대신 집을 짓는 것은 남에게 주지만 자신은 자신의 분

야에 대해서는 직접 일을 하려고 하고 있었다.

물론 이는 일할 사람과 이야기를 해야겠지만 말이다.

정 실장은 그런 윤재가 이해가 가지 않았지만 본인이 원하는 것이라 결국은 알고 있는 인맥을 이용하여 윤재가 원하는 타입의 사람을 찾을 수가 있었다.

윤재는 그런 정 실장이 생각 외로 많은 사람을 알고 있다는 사실에 조금 놀라기는 했다.

"사장님 지금 연락을 했으니 온다고 하네요. 그런데 차라리 지금 현장에서 일을 하시는 사장님께 부탁을 하시는 것이 낫지 않나요? 사장님 같으면 도움을 주실 수 있을 것 같은데 말입니다."

윤재도 처음에는 건축주를 생각하지 않은 것은 아니었지만 지금은 생각을 달리하고 있었다.

자기의 욕심만 채우려고 하는 인물에게 그런 부탁을 하면 아마도 자신에게 이득은 아무것도 없을 것이라는 결론을 내리게 되어서였다.

"하하하, 저도 생각을 해 보았지만 아직은 그런 부탁을 한다는 것이 그렇게 달갑지가 않아서요."

윤재는 정 실장이 이해를 하지 못하는 것은 신경을 쓰지 않고 그냥 두리뭉실하게 이야기를 해주었다.

윤재와 정 실장은 그냥 평범한 이야기를 하며 시간을 보내게 되었고 시간은 그렇게 흘러가고 있었다.

저녁이 되자 정 실장이 소개를 한 사람이 사무실로 도착을 하였다.

"아이고, 최 사장님 어서 오세요."

"정 실장 우리 그냥 하던 대로 하자."

최 사장이라는 분은 나이가 사십 대 중반의 나이로 보였는데 성격이 털털해 보이는 인상을 가지고 있었다.

윤재는 우선 최 사장의 인상이 마음에 들었다.

"여기 최 사장님과 대화를 원하시는 이 사장님이라고 합니다."

최 사장은 정 실장이 소개를 하는 윤재를 보고 정중하게 인사를 하였다.

"반갑습니다. 건축 일을 하고 있는 최성수라고 합니다."

"저도 목수 일을 하고 있는 이윤재라고 합니다."

"응? 목수 일을 하신다고요?"

"그렇습니다. 인테리어 목수 일을 하고 있습니다."

정 실장은 윤재가 소개를 하자 바로 최 사장에게 말을 해주었다.

"하하하, 저희 빌라의 인테리어를 하시고 계시는 분입니다. 실력이 너무 좋아 분양이 잘되기 때문에 사장도 아끼시는 분이시지요."

정 실장은 그렇게 대충 소개를 해주었다.

최 사장은 건축을 지을 상담을 해주기로 하고 온 것인데 상대가 목수라고 하니 조금 곤란한 표정을 지었다.

같은 업종에 있는 사람과 일을 하면 상당히 불편하기 때문이었다.

그리고 이문도 문제가 되기 때문이다.

일을 하게 되면 남자고 하는 것인데 같은 업종에 있는 사람이기 때문에 눈에 보이는 소리를 했다가는 나중에 문제가 발생할 수도 있었기 때문이다.

"아니 그런데 저와 같은 일을 하시는 분이 무슨 건물을 지으신다는 말인지 이해가 가지 않네요?"

윤재는 최 사장이 의문스러운 표정을 짓는 것을 보고는 바로 설명을 하기 시작했다.

자신이 가지고 있는 생각을 그대로 속이지 않고 이야기를 해주었다.

오랜 시간 목수 일을 하기는 했지만 아직 한 번도 건축을 직접 해보지는 않아 아직 모르는 것이 많아서 그렇다고 말이다.

그래서 건축 일을 하시는 분과 상담을 하여 목수에 관한 일은 자신이 직접 하고 나머지는 모두 해주기를 바란다고 말이다.

최 사장은 부분적인 일이지만 윤재가 하는 말을 들으면서 공감을 하는 부분이 많았기에 고개만 끄덕이고 있었다.

그리고 한참을 설명을 모두 듣고는 바로 문제점을 지적하고 있었다.

"건축을 지으려면 들어가는 비용이 많다는 것은 아시지요? 그리고 보통은 평당 단가를 계산하는 것은 평당 금액으로 하는데 아마도 다른 건축을 하시는 분은 그렇게 하자고 하면 하지 않을 겁니다. 저도 솔직히 기분이 그리 좋지는 않으니 말입니다."

건축 일을 하는 사람이라면 온전한 일을 하기를 원하지 이렇게 짤라서 하는 일은 그리 반갑지 않았기 때문이다.

그리고 그렇게 일을 하면 복잡한 것이 많기 때문에 나중에 건물에 문제가 발생할 수도 있고 말이다.

왜냐면 책임을 지는 것은 건축을 지은 사람이 해야 하

기 때문이었다.

윤재는 최 사장의 이야기를 들으면서 많은 것을 알게 되었지만 그래도 자신이 일을 할 수 있는 부분을 빼고 할 수는 없는 일이었다.

"물론 사장님이 하시는 말에 대해서는 충분히 공감을 하고 알겠지만 저도 사정이 있어 그런 것이니 이번에 그냥 저와 함께 일을 해 보시지 않으시겠습니까?"

윤재는 진심으로 최 사장을 보며 말을 하였고 최 사장은 그런 윤재를 보며 솔직히 마음에 들지는 않지만 그래도 건축주가 진심으로 하기를 바라고 있으니 조금은 마음이 움직이고 있었다.

"그러면 제가 일을 하게 되면 목수에 관한 부분만 빼고는 모두 일임을 하시는 겁니까? 나중에 일을 하면서 이렇고 저렇고 하시는 것은 아니지요?"

최 사장은 확실하게 일을 하기 위해 하는 말이었다.

"그 부분에 대해서는 절대적으로 일임을 하기로 하겠습니다. 하지만 마음에 들지 않았을 경우에는 저도 참견을 할 수밖에 없지 않습니까?"

윤재도 마찬가지로 건물을 짓는데 마음에 들지 않았을 경우에는 말을 할 수가 있었기에 하는 소리였다.

최 사장은 윤재의 말에 다른 건축주도 그런 경우에는 참견을 할 수가 있었기 때문에 그 부분에 대해서는 인정을 하고 있었다.

"알겠습니다. 그 부분에 대해서는 인정을 하지요."

"그럼, 바로 계약을 하시지요. 저는 내일부터라고 바로 일을 시작했으면 하는데 말입니다."

윤재가 급하게 서두르자 최 사장은 어이가 없다는 표정을 지었다.

"하하하, 사장님은 저보다 더 급하신 성격을 가지고 계시는 것 같습니다. 건물을 지으려면 우선 도면이 나와야 하고 구청에 가서 허가도 받아야 하니 너무 급하게 서두르지 마십시오. 하지만 최대한 빨리 일을 시작하도록 노력을 해 보겠습니다."

최 사장은 윤재가 급하게 서두르는 모습에 아주 마음에 들었는지 자신이 최대한 노력을 하겠다는 답변을 하고 있었다.

윤재는 그런 최 사장을 보니 최소한 일에 대해서는 나름 자부심을 가지고 있는 인물이라는 생각을 하게 되었다.

저런 인물이라면 믿고 공사를 줄 수가 있을 것 같다는

생각에 바로 추진을 하게 되었다.

자금이라면 지금도 충분히 있었고 건물을 짓기 위해 빌려 온 자금이라고 하면 그리 문제가 되지 않았기 때문이다.

윤재는 건물을 지어 가지고 있는 자금을 사용하려고 하고 있었다.

이는 합법적으로 돈을 사용할 수가 있었기 때문이다.

그렇게 최 사장과 계약을 마친 윤재는 기분 좋게 집으로 들어갈 수가 있었다.

술을 한잔 하자는 말도 거절을 한 것은 나중에라도 술을 마실 날들이 많았기 때문이다.

윤재는 그렇게 일을 마무리하고 집으로 들어왔고 오늘도 변함없이 운기를 하며 하루를 마감하고 있었다.

윤재는 건물을 짓기 위해 많은 자금을 준비하느라 현장에 일을 하지 못했지만 현장은 윤재가 없어도 잘 돌아가고 있었다.

이들은 윤재가 지금 건물을 짓는 문제 때문에 매우 바쁘다는 것을 알고 있었기 때문이다.

"형님, 윤재가 건물을 짓는 것을 어떻게 생각하세요?"

"능력이 되면 짓는 거지 무슨 생각을 하냐?"

종혁은 윤재가 건물을 짓는다고 하니 사실 걱정이 되기는 했지만 윤재가 능력이 되니 건물을 지으려고 한다고 생각하고 있었다.

"윤재가 우리 모르게 어디서 큰돈을 벌었다면 모르지만 제가 아는 윤재는 그렇게 많은 돈이 없는 것으로 알고 있어서 하는 소리입니다."

성재는 윤재와 많은 시간 일을 하였기에 어느 정도는 윤재의 사정을 알고 있어서 걱정이 되어 하는 소리였다.

하지만 종혁은 윤재가 지금 잘나가는 것을 보고 있기 때문에 절대 건물을 지으려고 하는 것이 장난이 아니라는 것을 느끼고 있었다.

"너도 알고 있지만 나도 그렇게 알고 있었다. 그런데 지금 윤재가 우리와 함께 일을 하고 있는 것을 보면 무언가 다르다는 것을 느끼지 못하는 거냐?"

종혁은 윤재가 하는 일을 보며 엄청난 실력을 가지고 있다고 판단을 하고 있었다.

결국 예전부터 그런 실력을 가지고 있었지만 다른 사람들과 맞춰 주기 위해 자신의 실력을 보여 주지 않았다는 것을 알게 되자 윤재와 일을 하면서 자신도 조금은 반성을 하게 되었던 것이다.

그런데 성재는 알고 있으면서도 아직 스스로 윤재를 인정하지 못하고 있다고 판단이 되어서 하는 소리였다.

성재도 종혁이 하는 소리를 들으며 충분히 이해는 갔지만 그래도 머리로는 이해를 하지 못하고 있었다.

"저도 형님이 하시는 이야기가 무슨 뜻인지는 알고 있는데 정말 이해가 가지 않아서 하는 소리입니다. 그리고 솔직히 걱정이 되어서 그런 것이기도 하고요."

성재는 솔직히 윤재가 걱정이 되어 그런 소리를 한 것이다.

성재도 윤재가 잘되면 좋았고 그렇게 되기를 바라고 있는 인물 중에 한 명이었기 때문이다.

"그런 걱정은 나중에 하고 우선은 이 현장의 일이나 빨리 끝내도록 하자."

종혁의 말에 성재는 자신이 지금 쓸데없는 걱정을 하고 있다는 것을 알게 되었다.

윤재가 무엇을 하던지 결국 윤재의 인생이라는 생각이 들었기 때문이다.

나이도 먹었고 이제는 자신들에게 임금을 주고 있는 윤재였기 때문이다.

그리고 윤재가 일을 하는 것을 보면서 항상 성재는 놀

라고 있었는데, 그 빠른 손놀림은 아무리 따라 하려고 해
도 도저히 따라 갈 수가 없었기 때문이다.

'하기는 내가 걱정을 한다고 해서 해결이 되는 일이
아니니 나도 그만 신경을 쓰도록 하자. 알아서 잘하겠
지.'

성재는 그렇게 결론을 내리고 윤재의 건물에 대해서는
신경을 접고 일에만 신경을 쓰기 시작했다.

하지만 종현은 이들과 다르게 윤재가 가지고 있는 자
금이 얼마나 많이 가지고 있는지를 알기에 성재가 걱정을
하는 소리를 하자 속으로 웃기만 했다.

'크흐흐, 사장님이 얼마나 많은 자금을 가지고 있는지
를 모르니 저런 소리를 할 수도 있지. 하지만 나는 알고
있지. 흐흐흐.'

종현은 자신만 윤재의 비밀에 대해 알고 있다는 생각
이 들자 왠지 기분이 좋아졌다.

요즘은 연주와의 만남도 자주 가지고 있었고 내일은
현장도 쉬는 날이기 때문에 오늘 저녁에 연주의 집에 인
사를 가기로 약속을 하였기 때문이었다.

윤재를 만나고 나서부터는 종현의 인생이 달라지고 있
다는 것을 종현은 몸으로 직접 느끼고 있었다.

우선은 연주가 저번에는 현장에서 일을 하는 모습을 보기 위해 직접 찾아오기도 하여서 종현을 놀래게 하기도 했지만, 연주는 종현이 말한 그대로 인테리어 일을 하는 모습을 보고는 이제부터는 종현의 말을 모두 믿어 주게 되었기 때문이다.

사실 종현이 집을 가지고 있기는 했지만 진심으로 자신을 사랑한다면 일을 하는 모습을 그대로 보여 줄 수도 있다고 생각하고 찾아온 것이기도 했고, 더 솔직히 말해서는 종현의 말을 확실히 믿지는 않았기 때문에 확인을 하기 위해 찾아온 것이었다.

하지만 연주가 확인한 것은 종현의 말대로 인테리어 일을 하고 있었고, 이마에 땀을 흘리며 열심히 일을 하는 종현을 보고는 연주도 그런 사람이라면 결혼을 해도 처자식은 굶기지 않을 것이라는 생각에 입가에 미소를 짓게 되었던 것이다.

연주의 아버지는 돌아가셨지만 정말 집안에 식구들을 생각지 않은 그런 분이었기 때문에 연주는 남자를 만나도 절대 아버지와 같은 그런 사람과는 살고 싶지가 않았기 때문에 인물보다는 가정적인 그런 남자를 원했기 때문이다.

다만 종현이 아직 그런 연주의 마음을 이해하지 못하고 있기는 했지만 종현도 연주를 사랑하기 때문에 연주가 원하는 것은 대부분 들어주려고 하고 있었기에 연주의 눈에는 종현이 아주 가정적인 그런 남자로 보였던 것이다.

자신과 살기 위해 집까지 은행 융자도 없이 샀다는 것은 그만큼 남자가 능력이 있다는 이야기였다. 이런 일을 하면서 그 정도로 돈을 모았다는 것은 그만큼 생활에 자제를 하고 있었다고 오해를 하는 것이 조금 달랐지만 말이다.

종현은 그렇게 일을 마치게 되자 현장을 정리하고는 종혁과 성재에게 인사를 하였다.

"형님들 오늘 수고 많으셨습니다."

"그래, 너도 오늘 고생이 많았다. 종현아."

"그래 종현이가 열심히 하니 우리가 한결 편하게 작업을 하고 있어 항상 고맙다. 종현아."

두 사람도 종현이 군말 없이 시키는 대로 일을 하는 것에 마음에 들어 하고 있었다.

"형님, 내일은 쉬는 것 맞지요?"

"그래, 내일은 쉬고 모레부터 마무리를 해야 하니 다음 주는 많이 바쁠 거다. 그러니 쉬는 날이라고 해서 너무 늦은 시간까지 술을 마시지는 마라."

"예, 알겠습니다. 형님."

종현은 두 목수에게 상당히 잘하고 있었는데 이는 윤재가 그만큼 두 사람을 아끼는 것을 눈으로 확인을 하였기 때문이다.

윤재의 눈 밖에 나게 되면 어떤 일이 벌어질지는 종현이 잘 알고 있어서 더욱 조심을 하고 있었다.

종현은 일을 마치고 바로 집으로 들어갔다.

즐거운 마음으로 샤워를 마친 종현은 오랜만에 양복을 걸치게 되었다.

종현은 지갑을 꺼내 안에 돈이 있는지를 확인하고는 든든하게 들어 있는 것에 아주 만족한 웃음을 지으며 집을 나서게 되었다.

오늘은 처음으로 연주의 어머니에게 인사를 하기 위해 가는 날이기 때문에 종현도 나름 신경을 많이 써서 준비를 하였다.

우선 선물도 여자분이기 때문에 가장 편하게 할 수 있는 목걸이로 준비를 하였다.

연주의 어머니가 결혼에 반대를 하면 종현이 힘들어지기 때문이었다.

윤재의 말로는 연주의 집도 힘들게 살고 있으니 자신
정도면 충분히 합격을 할 수가 있다고는 했지만, 그래도
조심을 하는 것이 좋을 것 같아 확실하게 하기 위해 뇌물
을 준비한 것이다.

　종현은 그렇게 연주가 있는 화곡동으로 갔다.

4장

종헌과 연주

종현은 연주의 집 가까운 곳에 도착을 하여 연주에게
전화를 하였다.

—여보세요?

"연주 씨, 접니다."

—어머, 아직 시간이 있는데 벌써 오신 거예요?

연주는 오늘 어머니에게 인사를 드리기로 했기 때문에
종현이 온다는 것은 알고 있지만 이렇게 일찍 올 것이라
고는 생각지 못하고 있었다.

종현이 화곡동에 도착한 시간이 정확하게 6시 20분밖
에 되지를 않아서였다.

연주의 어머니는 일을 다니시기 때문에 오늘은 조금 일찍 마치고 오신다고는 했지만 그래도 7시는 되어야 준비를 하실 수가 있다고 생각하고 있었기 때문이다.

"예, 내일은 쉬는 날이기 때문에 오늘은 조금 일찍 일을 마쳤습니다. 그리고 연주 씨가 보고 싶어 견딜 수가 있어야지요."

종현의 사탕발림에 연주도 싫지는 않은지 입가에 고운 미소를 지었다.

─호호호, 종현 씨는 그런 말을 자주 사용해서 그런지 듣기는 참 좋네요.

연주는 보통의 남자는 저렇게 여자를 챙겨 주지 않는다는 것을 알고 하는 소리였다.

자신의 어머니는 아버지를 만나 평생을 살면서 사랑한다는 소리 한 번 듣지 못하고 살았다는 것을 연주는 알고 있었다.

대부분의 남자는 처음에만 사랑한다고 하고 시간이 지나면 전의 사랑은 어디다가 팔아먹었는지 사라지고 없었기에, 종현의 말도 그렇게 생각하였지만 종현의 현장에 가서 땀을 흘리며 일을 하는 모습을 보고는 이 사람은 그런 남자들이 아니라고 믿고 싶어졌던 것이다.

여자는 연주만 그런 것이 아니라 자신이 사랑하는 남자가 생기게 되면 누구나 그렇게 믿고 싶은 것이겠지만 말이다.

"연주 씨, 제가 가게로 갈까요?"

—아니에요. 저도 이제 마치려고 하고 있어요.

"그러면 제가 도와드릴게요. 바로 가겠습니다."

종현은 그렇게 말을 하고는 일방적으로 전화를 끊었다.

연주는 종현이 그렇게 전화를 끊으니 조금 이상한 기분이 들었다.

보통은 남자가 그렇게 일방적으로 전화를 끊으면 기분이 나빠야 하는데 지금은 그렇지가 않고 이상하게 기분이 좋아졌기 때문이었다.

종현이 자신을 챙겨 주기 위해 전화를 끊었기 때문이었다.

전화를 끊은 종현은 바로 연주의 가게로 갔다.

자신이 있는 곳에서 연주의 가게는 그리 멀지가 않았기 때문에 빨리 가면 십 분이면 갈 수가 있었다.

종현이 가게에 도착을 하자 연주는 알게 모르게 입가에 미소가 그려지고 있었다.

"연주 씨, 저 왔습니다."

"빨리 오셨네요."

"예, 근방에 있었습니다. 연주 씨."

연주는 종현의 도움으로 빠르게 가게를 닫을 수가 있었다.

사실 꽃가게를 하는 일은 여자가 혼자 하기에는 조금 힘이 드는 직업이기는 했다.

커다란 화분 같은 경우에는 연주가 혼자 들기에는 힘이 들어 안에서 꺼내지 못하고 있었기 때문에 가게가 다른 곳보다는 좁아 보였다.

종현은 그런 연주에게 자신이 돈을 벌 테니 가게를 그만두면 안 되겠냐는 이야기를 했다가 연주가 화를 내는 바람에 그 후로는 그런 이야기를 하지 않고 있었다.

그런 이야기는 연주의 자존심을 건드리는 일이라는 것을 종현은 처음으로 알게 되었기 때문이다.

종현은 연주와 데이트를 하면서 많은 것을 새롭게 배워 나가고 있었고, 배우면서 실수는 점점 사라지고 있었기에 연주도 그런 종현을 좋게 보고 있었던 것이다.

사람이 변하지 않고 항상 그 모습으로 있으면 발전이 없다고 생각하고 있는 연주였기에 종현의 변하는 모습을 보고는 아주 좋아했기 때문이다.

가게를 닫고 연주는 어디론가 전화를 걸고 있었다.

아마도 어머니에게 전화를 하는 것 같아 종현은 옆에서 아무 말도 없이 묵묵히 보고만 있었다.

"알았어요. 그러면 지금 바로 갈게요. 엄마."

연주는 그렇게 말을 하고는 전화를 끊었다.

연주는 종현을 보며 활짝 웃어 주었다.

"엄마가 집에서 음식을 만들고 계신다고 하네요. 지금 가면 시간이 대강 맞을 것 같으니 바로 가요."

연주는 그러면서 종현의 팔짱을 가볍게 꼈다.

종현은 연주가 팔짱을 끼는 것이 이번이 처음이라 그런지 조금은 얼굴이 붉어지고 있었다.

아직 여자와 이런 정상적인 관계를 가져 보지 못했기 때문에 일어나는 현상이었지만 연주의 생각은 순진하다고 결론을 내리고 있었다.

종현이 조직생활을 하면서 여자와 관계가 없다는 것은 거짓말일 것이다. 그만큼 많은 여자와 밤을 보내기도 했던 종현이었지만, 자신이 만났던 여자들은 모두 술집에 나가던 여자였기에 그저 편하게 지내고 있기에 부담이 없었다.

그러나 연주는 자신이 만나던 그런 여자들과는 많은

부분이 달라 처음부터 긴장을 하고 있어 이런 현상을 보이는 것이었다.

하지만 그런 현상은 결국 연주에게는 점수를 따게 되어 종현에게는 도움이 되었다.

"종현 씨, 우리 이제 자주 만나요."

"예, 그렇게 해요. 그런데 제가 일을 할 때는 곤란하고 일을 마치면 이곳으로 올게요."

"아니에요. 종현 씨만 온다고 하면 너무 힘드니 저도 자주 놀러 갈게요. 종현 씨 집은 혼자 살기에는 너무 크잖아요."

연주는 종현의 집이 아주 마음에 드는 모양이었다.

사실 연주가 살고 있는 집은 어머니와 함께 살고 있는 작은 월세방이었다.

방은 그래도 두 개였지만 사실은 작은 방이라 그리 비싸지는 않았기에 두 모녀가 아직은 힘들지 않게 벌어서 생활을 할 수가 있는 공간이기도 했다.

종현은 연주가 살고 있는 집에 도착을 하고는 조금은 놀라고 있었다.

작은 집이라고 해도 이렇게 작을 줄은 몰랐기 때문이었다.

종현도 어린 시절에는 이보다 작은 집에서도 생활을
해 보았기에 얼마나 불편한지를 알고 있었다.

연주가 그런 종현의 눈치를 보는 것에 종현은 아무런
내색을 하지 않고 연주를 보며 오히려 웃어 주고 있었다.

"하하하, 연주 씨, 집이 참 아담합니다."

연주는 종현이 좋게 말을 해주니 조금은 마음이 놓였
지만 그래도 종현이 살고 있는 집을 처음으로 자신에게
초대를 하였을 때가 생각이 들어 얼굴이 붉어지고 있었
다.

그날은 종현이 처음으로 자신에게 청혼을 한 날이기도
했기 때문이었다.

"들어가요."

연주는 자신이 얼굴이 점점 붉어지는 것을 감추기 위
해 그렇게 말을 하며 돌아서고 있었다.

종현은 연주가 갑자기 몸을 돌리는 바람에 자신이 무
언가 실수를 하였는지를 생각하게 되었다.

'내가 말을 실수한 것이 있나? 갑자기 왜 저러지?'

종현은 그렇게 생각을 하면서 연주를 따라 안으로 들
어가고 있었다.

집 안에 들어가자 음식 냄새가 가득한 것이 종현의 식

욕을 돋우고 있었다.

종현은 자신도 모르게 말이 나오고 있었다.

"이거 정말 냄새만 맡아도 배가 고프게 하는군요."

종현의 그 말에 연주는 고개를 돌리게 되었고, 연주의 몸에 가려져 보이지 않았던 여성이 나오게 되었다.

"호호호, 오늘 귀한 손님이 오셨기 때문에 준비한 음식인데 그렇게 칭찬을 해주니 고마워요."

연주의 얼굴과 비슷하게 생긴 여인이었지만 나이가 이제 오십 대가 되어 보이는 여성이었다.

종현은 단번에 연주의 어머니라는 것을 알았기에 정중하게 인사를 하였다.

"안녕하십니까. 연주 씨와 결혼을 하려고 하는 김종현이라고 합니다. 어머니."

종현의 말에 연주의 얼굴은 정말 붉어졌지만 어머니는 그런 종현이 아주 마음에 드는지 크게 웃었다.

"호호호, 처음 하는 인사가 아주 색다르네요. 이번에 연주가 아주 좋은 분을 만난 것 같네요. 우선 안으로 들어오세요."

연주의 어머니는 오늘 처음 보는 얼굴이라 존대를 해주고 있었다.

종현은 연주의 어머니의 안내로 안으로 들어가서 방에 자리를 잡게 되었다.

방은 생각보다는 작지 않았기에 세 사람은 충분히 앉을 수가 있었다.

종현이 자리에 앉자 어머니는 준비한 음식을 가지고 들어왔다.

종현은 그런 어머니가 들고 있는 음식을 그냥 보고만 있을 수가 없었기에 바로 일어서서 음식을 받으려고 하였다.

"제가 들어 드리겠습니다. 어머니."

"아니에요. 오늘은 우리 집에 오신 손님이니 그냥 앉아 있어요."

어머니는 그렇게 말을 하고는 음식을 모두 상에 놓았다.

종현은 연주의 어머니가 참 성격이 좋다고 생각하고 있었다.

'나에게도 저런 어머니가 계셨으면 아마도 소매치기를 하지는 않았을 것인데 말이야.'

종현은 그렇게 생각을 하며 이미 돌아가신 두 분의 얼굴을 기억하려고 노력을 하였지만 이미 기억에서 지워져

버린 두 분이 갑자기 생각이 날 리가 없었다.

종현은 그렇게 생각을 하면서 음식이 모두 놓이기를 기다렸고 시간이 흘러 모든 음식이 차려지게 되었다.

연주의 어머니와 연주는 함께 자리에 앉았고 바로 식사를 먹게 되었다.

우걱우걱.

"어머니, 정말 맛있습니다."

종현은 입안에 음식이 있는데도 말을 똑바로 하고 있었다.

정말 정신없이 식사를 하였지만 종현에게는 정말 맛있는 그런 식사였다.

연주는 종현이 저렇게 맛있게 음식을 먹는 것을 보니 슬며시 입가에 미소가 걸쳐졌다.

연주는 자신의 집에 와서 음식이 입에 맞지 않으면 어쩌나 하는 걱정을 하고 있었는데 종현은 그런 생각 자체를 잊게 해주었기 때문이다.

연주의 어머니도 종현이 무려 세 공기를 먹는 모습을 보고는 입가에 미소를 지었다.

저렇게 남의 집에 와서 먹는 것을 보니 정말 어디 가서 굶지는 않을 것으로 보여서였다.

그리고 연주에게 들으니 참으로 가정적인 성격을 가지고 있다는 이야기를 들었기 때문에 종현의 지금 보이는 모습이 모두 사랑스럽게 보였다.

종현의 식사가 끝나자 상은 빠르게 치워졌고 종현은 연주의 어머니에게 정식으로 큰절을 하며 인사를 하였다.

이는 윤재가 지시로 죽을 각오로 무조건 큰절을 하라고 하였기 때문이다.

종현의 그런 모습은 두 모녀에게는 아주 좋은 점수를 받고 있었다.

비록 조금 우격다짐으로 한 큰절이기는 하지만 말이다.

남자는 가정적이기는 하지만 그래도 남자다운 모습을 가지고 있어야 한다는 것이 연주의 어머니 생각이었다.

그런 면에서 보면 종현은 어머니에게는 아주 후한 점수를 받을 수가 있었던 것이다.

"어머니, 말씀을 편하게 해주시기 바랍니다. 제가 불편해서 그렇습니다."

종현은 연주의 어머니가 자신에게 존대를 하는 것이 불편해서 하는 소리였다.

"그렇게 말을 하니 나도 이제부터는 말을 편하게 하겠네."

"감사합니다. 어머니."

종현은 연주의 어머니에게 아주 자연스럽게 어머니라는 소리를 하고 있었고 연주는 그런 종현을 보며 속으로 은근히 좋아하고 있었다.

연주는 종현이 혹시나 자신의 엄마를 불편하게 생각하면 어쩌나 하는 생각도 하고 있었기 때문이다.

하지만 종현은 다행이도 그런 연주의 걱정과는 다르게 정말 마음에 들게 행동을 하고 있었기 때문에 연주의 입장에서는 자신이 정말 남자는 잘 골랐다는 생각을 하게 만들고 있었다.

"그래, 이번에 새롭게 집을 장만하였다고 들었는데 고생이 많았겠네."

연주의 어머니는 연주가 시집을 가도 어느 정도는 경제력이 있는 남자와 만나기를 바라고 있었다.

그런데 자신과 생각과 다르지 않게 이번에 새로 집을 은행 융자도 없이 장만을 한 남자와 사귀고 있다는 이야기를 듣고는 사실 속으로 정말 마음에 들어 하고 있었다.

물론 아직 성격에 대해서는 모르지만 그래도 남자가 어느 정도는 경제력을 가지고 있어야 한다는 생각은 변함이 없었다.

기본적인 경제력이 있고 다음으로 성격이 좋다면 그야
말로 금상첨화라고 생각했는데 지금 보고 있는 종현의 모
습이 연주의 어머니에게는 아주 마음에 드는 사위로 보였
기 때문이다.

　"예, 고생은 조금 했지만 그래도 최소한 장가를 가려
면 집은 있어야 한다는 생각에 가지고 있던 모든 자금을
털어서 장만을 하게 되었습니다."

　"융자도 없이 사려고 했으면 그동안 얼마나 열심히 일
을 해서 저축을 했는지를 알 것 같네."

　연주의 어머니인 김미숙이 종현을 아주 대견한 눈빛을
보고 있는 이유가 바로 성실함이었다.

　보편적으로 일반인이 집을 사기 위해서 버는 돈을 얼
마나 저금을 해야 과연 집을 살 수 있을까를 생각하면 대
부분이 평생을 벌어야 한다고 대답을 할 것이다.

　특히 노가다를 하는 현장직에 종사하는 이라면 더욱
심할 것인데, 종현은 그런 인테리어 목수일을 하면서 빌
라를 그것도 융자도 없이 샀다고 하니 미숙은 정말 그런
종현이 마음에 들었던 것이다.

　모녀가 생각하기로는 정말 먹는 것만 해결을 하고 나
머지는 모두 저축을 하여 집을 사게 되었다고 생각을 하

고 있었던 것이다.

종현은 집에 대해서는 무조건 조심히 말을 하라는 윤재의 지시에 따라 항상 조심스럽게 말을 하고 있었다.

종현이 비록 지금은 인테리어 일을 하고는 있지만 결혼을 하고 나서 일을 시작한지가 얼마 되지 않는다는 사실을 알려지게 될 수도 있기 때문에 조심을 하라고 한 것이다.

물론 윤재가 약간의 도움을 줄 수는 있지만 말이다.

"사실은 제가 모시고 계시는 사장님의 도움을 많이 받았기에 가능했습니다."

"응? 사장님이라니?"

연주는 종현이 모시고 있는 사장님이라고 하자 이내 중간이 끼어들어 설명을 해주었다.

"종현 씨가 지금 일을 하는 곳에 계시는 분이에요. 종현 씨에게는 은인과도 같은 분이라고 하네요."

"아. 그런 분이 있다니 정말 고마운 분이네. 항상 고마운 마음으로 그분을 대하도록 하게. 사람이 은혜를 모르면 이는 짐승과 마찬가지이니 말일세."

"예, 저도 항상 그렇게 생각하고 있습니다. 어머니."

종현의 말에 어머니인 김미숙은 그런 종현이 아주 든

든해 보였다.

　종현이 그렇게 연주의 집에서 인사를 하고 있을 때 윤
재는 가지고 있던 자본 중에 일부를 현금으로 바꾸어 최
사장의 계좌로 돈을 보내고 있었다.

　최 사장이 지금 열심히 일을 시작하기 위해 움직이고
있었지만 계약금을 받아야 움직일 수가 있었기 때문이다.

　윤재는 돈을 붙이고는 바로 최 사장에게 전화를 했다.

　—여보세요?

　"최 사장님, 윤재입니다. 지금 계약금을 보내 드렸으
니 한번 확인을 해 주시기 바랍니다."

　—아, 감사합니다. 이 사장님.

　최 사장은 자신이 계약금을 이야기하자 바로 처리를
해주는 윤재에게 고마워하고 있었다.

　돈이 있으면 일을 빨리 진행할 수가 있었기 때문이다.

　"최 사장님, 지금은 걱정하지 마시고 최대한 빨리 일
을 진행하도록 하세요. 지금 자금을 준비했으니 말입니
다. 언제든지 필요하시면 바로 지불을 하도록 하겠습니
다."

　윤재는 최 사장을 믿기로 하고 제대로 밀어주려고 하

고 있었다.

사람은 한 번 믿기 시작하면 최대한 그 사람이 능력을 보일 수 있게 해주어야 한다는 생각이 윤재의 판단이었기 때문이다.

—하하하, 이거 이 사장님이 그렇게 말씀을 하시니 움직이지 않을 수가 없겠네요. 제가 최대한 빨리 공사를 시작하도록 하겠습니다.

"그럼, 저는 최 사장님만 믿고 있겠습니다."

—하하하, 알겠습니다. 그런데 이거 은근히 부담이 가는 것 아시지요?

"부담은 가지실 필요 없고요. 최 사장님의 능력만 보여 주시기 바랍니다."

윤재의 말에 최 사장은 이번에 제대로 일을 한 번 해볼 수가 있을 것 같다는 생각을 하게 되었다.

가장 우선인 자금이 충분하다면 일은 그리 걱정을 하지 않아도 되기 때문이었다.

항상 현장은 돈 때문에 문제가 생기는 것이니 돈이 아니면 문제가 생길 일이 없었다.

물론 가끔은 하자가 생기기도 하지만 요즘은 하자가 생기지 않게 노력을 하기 때문에 크게 문제가 생기지는 않고 있었다.

윤재는 그렇게 최 사장에게 일을 전담시키고는 자신은 이제 아직 끝나지 않은 현장을 마무리하고 최 사장과 합류를 하면 되겠다고 생각했다.

"휴우, 이거 공사를 하는 것이 생각처럼 쉬운 일은 아니네."

윤재는 자금을 만드는 것만 했지만 생각을 해야 하기 때문에 정신적으로 하는 피로는 쉽지 않아서였다.

한편, 윤재가 판매한 보물로 인해 지금 국내에 있는 많은 학자들과 감정사들은 놀라고 있는 중이었다.

서 회장은 윤재에게 산 물건 중에 한 쌍의 원앙을 선보였기 때문이다.

아직까지 한 쌍의 원앙이 청자의 옛 모습 그대로 보존이 되어 있는 것은 없었기 때문이다.

윤재는 그런 문제에 대해서는 신경을 쓰고 있지 않았지만, 지금 국내는 그 문제로 떠들썩하게 시끄러워지고 있었다.

원형 그래도 보존이 되어 있는 도자기는 아직까지 한 번도 나온 적이 없었기 때문이다.

신문에는 나오지 않고 있지만 이미 학계와 업계에는

물건에 대한 이야기로 모든 이가 알고 있을 정도였다.

"아니, 이번 물건은 어떻게 구한 겁니까?"

"허허, 나도 어렵게 구한 물건을 말하라는 이야기요?"

"서 회장님. 이번 물건은 국보 급에 해당하는 물건입니다. 그러니 혼자 가지고 있을 물건이 아니라는 말입니다."

"이보시오. 나도 많은 자금을 주고 구입을 한 물건이오. 그런데 나보고 국보 급이라고 어쩌란 말이오?"

서 회장의 말은 틀린 말이 아니었다.

하지만 이미 원앙의 도자기에 정신이 빠져 있는 인물들이기 때문에 어떻게 하든지 저 물건을 서 회장의 손에서 빼내려고 하고 있었다.

눈으로 직접 확인해 보았기 때문에 그 값어치는 정말 상상도 하지 못할 정도였기 때문이었다.

서 회장이 그러고 있을 때 정 회장은 서 회장이 국보 급의 물건을 구했다는 이야기를 듣게 되었고 상당히 화를 내고 있었다.

꽝!

"이런 빌어먹을 놈이 나에게 모두 팔고 가야지, 감히

나를 두고 서 회장에게 물건을 팔아?"

정 회장은 자신도 가지고 있었지만 서 회장이 가지고 있는 청자의 원앙은 그보다 더 값어치가 있었기 때문에 화가 난 것이다.

하기는 자신이 한 행동에 대해서는 생각지도 않는 인물이니 그럴 수도 있겠지만 말이다.

정 회장은 화가 나서 결국 부하들에게 윤재에 대해서 행방을 찾으라는 지시를 내리게 되었다.

정 회장의 생각으로는 윤재가 더 많은 보물을 가지고 있을 것이라는 생각을 했기 때문이었다.

그리고 윤재가 지난번에 자신의 수하들을 모두 부상 입혔다는 사실을 생각하고는 자신이 알고 있는 조직에 도움을 청하기로 했다.

처음으로 도움을 요청하는 것이지만 그 실력은 정 회장도 믿을 수가 있었기 때문이다.

그곳에서 도움을 받으면 이번에는 절대 윤재에게 당하지 않을 것이라는 생각을 하고 있는 정 회장이었다.

정 회장은 일단 수하들에게 윤재의 행방을 먼저 찾으라고 하고는 자신은 바로 조직에 연락을 하게 되었다.

"여보세요?"

"안녕하시오. 나 강남의 정 회장이오."

상대는 정 회장을 아는지 가볍게 인사를 해주었다.

"아, 반갑습니다. 그런데 정 회장님이 어쩐 일로 연락을 하신 겁니까?"

"다름이 아니고 이번에 중요한 일이 있으니 그쪽에서 실력이 좋은 사람을 좀 보내 주었으면 합니다. 한 명으로는 곤란하니 세 명 정도는 있어야 하겠습니다."

정 회장의 말에 상대는 무슨 일인지를 먼저 확인하게 되었다.

"정 회장님, 세 명이 아니라 열 명이라도 도움을 드릴 수는 있지만 무슨 일인지는 알아야 하지 않겠습니까?"

정 회장은 이번 일을 이들에게 말을 해서 좋을지를 생각해 보았다.

그리고 어차피 그놈을 상대하지 못하면 보물은 자신에게 돌아오지 않을 것이라는 생각에 윤재에 대한 이야기를 하게 되었다.

"이번에 종로의 서 회장이 보물을 가지고 있다는 소식은 들었지요?"

상대가 누구인지 알기에 하는 소리였다.

"이미 업계에 파다한 소식이니 듣지 않을 수가 없습

니다."

"사실은 내가 먼저 보물을 사게 되었는데……."

정 회장은 그날에 있었던 일들을 모두 이야기하기 시작했다.

자신이 데리고 있던 경호원들이 한 명에게 박살이 났다는 이야기도 모두 해주면서 말이다.

이야기를 듣고 있던 남자는 정 회장의 말속에 상대가 보통이 아니라는 것을 대번에 파악할 수가 있었다.

그리고 그렇게 하려면 상당한 무예를 익히고 있다는 사실도 간파하고 있었다.

조직에 속해 있는 놈들이나 경호원들은 무예를 익히고는 있지만 자신들이 익히고 있는 것과는 달랐기 때문에 자신들과 상대를 하지 못하기 때문이었다.

정 회장의 경호원들이 좋은 예였다.

그리고 가장 중요한 정보는 상대가 많은 보물을 가지고 있다는 사실이었다.

그런 보물을 가지고 있다면 이는 보통의 일이 아니었기 때문이다.

남자는 정 회장의 모든 이야기를 듣고는 잠시 생각을 하였고 이내 정 회장에게 질문을 하였다.

"그 상대를 찾을 수는 있는 겁니까?"

"그때 그놈을 데리고 온 놈이 바로 김종현이라는 놈으로 주로 장물을 취급하기 때문에 놈을 추적하면 찾을 수가 있을 거요."

정 회장의 말에 남자는 눈빛이 달라지기 시작했다.

이런 일은 정 회장이 혼자 처리를 할 수가 없는 일이었기 때문이다.

그리고 자신이 속해 있는 조직을 위해서도 이런 일은 직접 처리를 하는 것이 좋다고 생각을 하게 되었다.

하지만 정 회장에게는 그렇게 말을 할 수가 없으니 우선은 원하는 것을 들어주는 척이라도 해야 했다.

"정 회장님이 하신 이야기를 들으니 저의 선에서 처리를 할 수 있는 일이 아니라는 판단이 드는군요. 우선 이 문제는 상부에 보고를 하고 바로 조치를 하도록 하겠습니다."

정 회장도 이들이 대단하다는 것을 알기에 지금은 이들의 말을 따를 수밖에 없었다.

아쉬운 것은 자신이었기 때문이다.

"알겠소. 그러면 바로 보고를 하고 연락을 주었으면 하오."

"그렇게 하겠습니다. 정 회장님."

남자의 대답에 정 회장은 연락을 마치고 바로 성질을 부리기 시작했다.

"이런 개자식들이 감히 내가 부탁을 하는데 보고를 해야 한다는 소리를 하다니, 정말 죽여 버리고 말 거야. 으아아아!"

정 회장이 미친놈처럼 지랄을 하고 있는 것을 경호원들은 그저 담담하게 듣고만 있었다.

저럴 때는 그저 가만히 있어야 한다는 것을 이들은 아주 잘 숙지하고 있었기 때문이다.

남자는 정 회장에게 얻은 정보를 바로 상부에 보고를 하게 되었다.

한국에 무예를 익힌 존재가 있다는 것과 그자가 많은 보물을 가지고 있다고 말이다.

이는 혼자 해결을 할 수가 없다고 판단이 들었기 때문이다.

아무리 한국이 좁다고 해도 어느 구석에 숨어 있으면 쉽게 찾을 수가 없었다.

남자의 판단은 아주 정확했다.

이미 보물을 가지고 있는 남자가 있다는 사실은 보고

가 되어 있었다.

바로 서 회장에게 가 있던 남자는 바로 이 조직에 속해 있는 사람이었다.

그 남자는 윤재를 보고 한눈에 무예를 익힌 사람이라는 것을 알 수가 있었기에 바로 상부에 보고를 하였던 것이다.

물론 서 회장에게 출근을 하는 남자와 자신은 다른 위치에 있었지만 말이다.

남자는 조직의 중간 간부였고 힘을 가지고 있었지만 서 회장에게 파견을 나간 남자는 간부가 아닌 그냥 조직원이었기 때문이다.

어려서부터 무예를 익히고 조직을 위해 목숨을 걸고 충성을 한 대가로 지금은 조직의 중간 간부에 남아 있었던 것이다.

남자는 욕망이 많은 사람이기 때문에 절대 이 자리에 만족을 하지 않고 있었다.

"보고드립니다."

"무슨 보고인가?"

"강남의 정 회장이 지원 요청을 했는데 그 내용이 문제가 있는 것 같습니다."

남자는 그렇게 상부에 자신이 알고 있는 내용을 모두 보고하게 되었다.

그리고 보고를 하면서 약간 말을 비틀어서 반드시 보물을 조직이 가져야 한다는 말을 하기도 했다.

한참을 듣고 있는 사람은 남자의 보고가 끝나자 입을 열었다.

"정재민 팀장, 아주 훌륭한 보고였다. 하지만 자네가 직접 움직이는 것은 아직 허락을 할 수가 없으니 지시가 내려올 때까지 기다리도록 하게."

"알겠습니다. 하지만 만약에 상부에서 이번 일에 대한 조사를 하게 된다면 저에게 주셨으면 합니다. 조장님."

"그렇게 하도록 해주겠네. 정 팀장."

보고를 마친 정 팀장은 한숨을 쉬고 있었다.

말을 했지만 과연 자신에게 그 일을 주게 될지는 솔직히 자신이 없었기 때문이다.

조직은 많은 무인들이 있었고 서로가 공을 세우려고 하기 때문에 공을 세우는 것이 쉬운 일이 아니었다.

그리고 보물이라는 정보와 상대가 무예를 익히고 있다는 정보는 아마도 색다른 재미를 주게 될 것이라고 판단을 하였다.

"이번 일은 무슨 일이 있어도 내가 할 수 있어야 한다. 그래야 나도 조장이 될 수가 있으니 말이야."

정 팀장은 조장이 되기 위해 엄청난 노력을 하였지만 아직도 팀장에 남아 있었다.

조장이 되는 길은 그만큼 어려운 일이었기 때문이다.

윤재는 상대가 자신을 찾는 것도 모르고 오늘도 열심히 일을 하고 있었다.

"형님, 이번 주에 이 현장의 일을 마무리를 하고 다음 한주는 쉬었으면 합니다. 그리고 그 다음 주부터는 정말 바쁘게 일을 해야 하는데 어떠세요?"

윤재는 최 사장과 이미 이야기를 했기 때문에 결국 바로 일을 연결하지는 못하고 말았다.

건물을 짓는 것이 생각처럼 쉬운 일은 아니었다.

그리고 도면을 만드는 것도 생각처럼 바로 나오는 것이 아니었는데, 이는 바로 측량을 해야 하고 여러 가지로 일이 많았기 때문이다.

그리고 윤재도 아무리 자금을 많이 준다고 해도 할 수 있는 것이 있고 없는 것이 있기에 지금 현장의 일을 마무리하게 되면 다른 주는 결국 놀 수밖에 없게 되었다.

그리고 토목을 한다고 해도 그 일이 끝나면 결국 당분간은 또 놀 수밖에 없었기에 결국 최 사장에게 부탁을 하게 되었던 것이다.

종현은 자신과 함께 건물을 짓는 현장에 가면 되지만 두 목수는 그렇지가 않았기 때문에 하는 소리였다.

"흠, 일이 바로 연결이 되지 않은 거냐?"

"예, 건물을 짓는 것도 시간이 필요하네요. 하지만 건물을 짓기만 하면 바로 일을 연결하게 되니 걱정하지 않으셔도 됩니다."

토목의 일을 하고 바로 다음 일은 최 사장이 연결을 해주기로 하였기에 하는 소리였다.

최 사장은 정 실장이 칭찬을 하기에 얼마나 잘하는지를 직접 눈으로 확인을 하게 되었다.

윤재가 해 놓은 인테리어를 보고는 흠이 없는 실력이라고 생각하게 되어 주변에 있는 다른 사람들에게 윤재에 대한 이야기를 해주었기에 다른 사장이 이번에 공사를 하고 있는 건물에 대한 공사를 윤재가 할 수 있도록 해주었다.

최 사장의 인맥은 윤재가 생각하는 이상보다 넓어서 윤재가 일을 하기에는 부족하지 않았던 것이다.

그리고 윤재가 하기로 한 건물은 십층짜리로 상당한 시간이 걸리는 일거리였다.

물론 이번 일을 시작하게 되면 다른 사람들을 불러야 했지만, 그 정도는 윤재도 충분히 할 수 있는 문제였다.

주택과 원룸이 함께 있는 건물이기 때문에 결국 모든 인테리어를 해야 했고, 지금의 인원으로는 도저히 할 수가 없었다.

건축주와 최 사장이 많은 이야기를 하였지만 결국 건축주가 원하는 방향으로 윤재가 해주기로 하였다.

"그러면 다음 일은 너의 건물을 짓는 일이냐?"

"당장은 토목을 해야 하지만 토목을 끝나면 다시 인테리어 일을 해야 합니다. 그리고 이번에 맡은 건물은 십층이나 되기 때문에 다른 분의 도움도 받아야 합니다. 그래서 형님과 아저씨가 아시는 분들에게 연락을 해주셨으면 하는데 어떠세요?"

종혁은 윤재가 십층짜리 건물 공사를 맡게 되었다는 소리에 조금은 놀라고 있었다.

말이 십층이지 그런 공사는 어지간하면 하기 힘들어서 그랬다.

윤재는 종혁의 얼굴을 보고는 웃으면서 이야기를 해주

었다.

"이번에 공사를 하기로 한 사장님이 저의 사정을 듣고는 아시는 분을 소개해 주어 가능하게 된 일입니다. 그분도 제법 발이 넓은지 아시는 분들이 많더라고요."

윤재의 설명에 종혁은 바로 이해하게 되었다.

그렇게 조금씩 인맥을 넓혀 가면 윤재가 하는 일이 그리 문제가 없었기 때문이다.

"흠, 그렇다면 우리는 한 주를 쉬면서 아는 사람들을 모아야 한다는 이야기인데 얼마나 필요한 거냐?"

"건축주가 원하는 인원은 저까지 포함해서 열 명입니다. 만약에 이번 공사를 잘해 주면 바로 일을 연결해 주겠다고 하니, 아마도 이번 현장에서 하는 것을 보고 결정하려고 하는 것 같습니다."

윤재의 말에 종혁은 바로 알아들었다.

대부분의 건축주들이 알지 못하는 사람과 일을 할 때는 그 실력을 먼저 보려고 하였다.

이는 종혁도 당한 일이기 때문에 윤재가 하는 소리를 들으며 바로 이해를 하게 되었다.

"그래, 무슨 소리인지는 이해를 했으니 여기 현장이나 빨리 마무리를 하자. 현장 일을 마치고 다시 그 이야기를 하면 좋겠다."

종혁은 다른 일에 신경을 쓰고 싶지 않아 그렇게 말을 했고 성재도 같은 생각인지 고개를 끄덕였다.

"나도 같은 생각이니 우선은 하고 있는 일부터 마무리를 하자."

"알겠습니다. 그럼 바로 시작하지요."

윤재와 함께 일을 시작하게 되었고 윤재는 정말 눈에 보이지 않을 정도로 빠르게 손을 움직여 일을 하기 시작했다.

함께 있지만 윤재가 하는 일을 따라가기에는 두 목수도 힘들었기 때문에 지금은 아예 포기를 하고 있는 실정이었다.

"윤재를 보면 정말 노가다의 신이라고 해도 과언이 아니겠네요. 그렇지 않아요? 형님."

"그런 소리 그만하고 빨리 일이나 해라."

종혁은 성재가 하는 소리를 인정하고 있었기 때문에 하는 소리였다.

윤재는 최대한 빠르게 일을 하기 시작했고 결국 하루가 끝나기 전에 집 하나를 마무리할 수가 있게 되었다.

이 정도로 하려면 최소한 이틀은 걸려야 하는 일이었

는데 윤재가 함께 작업을 하면 그렇게 일이 빨리 끝이 나고 있었다.

그렇다고 일에 무슨 하자가 있는 것도 아니었고 말이다.

5장
윤재를 찾는 사람들

윤재는 현장의 모든 일을 마무리하고 두 목수와 함께 전에 하였던 이야기를 다시 하고 있었다.

"그러니까. 아저씨가 데리고 올 수 있는 목수가 세 명이란 말이지요? 성재 형님도 세 명은 데리고 올 수가 있고요?"

"그래, 나와 성재가 세 명씩 데리고 올 수가 있다. 그런데 그들의 인건비는 어떻게 할 생각이냐?"

솔직히 종혁과 성재는 지금 윤재가 주고 있는 인건비가 상당히 많이 주고 있다는 것을 알기에 하는 소리였다.

자신들이 그렇게 받고 있다는 사실을 알게 되면 다른

일꾼들이 기분이 상할 수도 있다는 것을 생각해서 하는 소리였다.

"아저씨는 어떻게 했으면 좋겠어요?"

윤재는 자신이 결정을 하는 것보다는 이들이 직접 해결을 했으면 해서 하는 말이었다.

그만큼 이들이 데리고 오는 사람들의 실력도 좋았기 때문이다.

"흠, 보통은 이런 장기간 하는 일에는 일당이 십삼만 원 정도 받는 것이 일상이다. 그런데 우리가 받고 있는 일당은 무려 이십만 원이 되니, 그들과 따지고 보면 상당한 차이가 나잖아. 나는 그래서 우리의 일당도 그들과 같이 계산을 했으면 한다."

종혁은 다른 사람들과 함께 일을 하게 되니 같이 주는 것이 좋겠다는 이야기였다.

하지만 성재는 또 다른 생각을 하고 있는지 다른 이야기를 하였다.

"형님, 저는 다르게 생각합니다. 우리는 원래 처음부터 함께 시작을 한 사람이고 나머지는 이번에 새로 일을 하는 것이 아닙니까. 그러니 받는 금액은 같다고 하고 실질로는 그냥 받는 것이 좋다고 생각합니다."

성재는 다른 사람에게는 속이자는 이야기였다.

종혁은 성재의 말을 듣고는 인상을 썼다.

사실 종혁이라고 일당을 적게 받는 것이 좋을 리가 없었기 때문이다.

자신도 많이 받기를 바라고 있지만 다른 사람의 눈을 생각지 않을 수가 없어서 한 이야기였다.

윤재는 두 사람의 의견이 다르기 때문에 잠시 생각에 잠겨 들었다.

이들과 함께 일을 시작하기는 했지만 시간이 지나니 종혁을 빼고 성재는 많은 일당에 마음이 변하고 있다는 것을 알게 되었기 때문이다.

하지만 그렇다고 성재를 욕할 수가 없는 윤재였다.

성재는 사실 자신이 어려울 때 가장 많은 도움을 주었던 사람이었다.

그리고 성재가 일당에 목을 매는 이유는 바로 가족들 때문이라는 것을 알기에 말을 하지 못하는 것도 있었고 말이다.

성재도 가정이 그렇게 풍족하지 않기 때문에 어쩔 수 없었다.

결국 윤재가 결정을 해야 하는데 윤재는 다른 인물들

과 함께 일을 하면서 그들을 속이는 짓은 별로 마음이 내키지 않았다.

"아저씨, 성재 형님, 저는 함께 일을 하는 사람들에게 거짓말을 하고 싶지는 않습니다. 그렇다고 그들에게 많은 일당을 지급하는 것도 할 수가 없고 말입니다. 그래서 남들이 주는 일당보다는 조금 더 주고 일을 시키려고 합니다. 우선은 하루에 십오만 원을 주는 것으로 시작을 하도록 하지요."

종혁은 윤재가 그 정도의 일당을 주면 그리 많은 것이 남지 않는다는 것을 알고 있었다.

이는 종혁도 윤재와 같은 일을 해 보았기 때문에 가지는 생각이었다.

"윤재야, 그렇게 하면 너도 남는 것이 없지 않냐?"

"제가 이문이 남지 않아도 일하는 분들에게 거짓말을 하면서까지 일을 하고 싶지는 않습니다."

윤재의 눈에는 절대 하지 않겠다는 의지가 심어져 있었기에 종혁도 그런 윤재를 말릴 수가 없었다.

그리고 솔직히 자신도 거짓말을 하라고 하고 싶지는 않았다.

성재는 종혁과 윤재가 하는 이야기를 들으니 괜히 자

신만 나쁜 놈이 된 것 같아 기분이 아주 묘해지고 있었다.

'이거 나만 이상한 놈이 되고 있네?'

성재는 일당 때문에 이런 이야기를 하는 것이 정말 마음에 들지 않았지만 어차피 한번은 짚고 넘어가야 하는 문제였기에 한 이야기였는데 이상한 방향으로 말이 되고 있어 하는 생각이었다.

"그러면 이번에 오는 목수들에게 그렇게 이야기를 하도록 하마. 일당 십오만 원이라고 하면 모두 좋다고 할 거다."

종혁은 윤재가 많이 주겠다고 하니 싫어할 사람은 없다고 생각했다.

실지로 일당을 많이 주면 다들 좋아하지 싫다고 하는 사람은 없었고 말이다.

"그러면 일당은 그렇게 하고 사람도 준비가 되었으니 걱정할 것은 없네요."

"그래, 일당의 문제는 해결이 되었고, 그러면 일은 언제부터 시작을 하는 거냐?"

"예, 다음 주만 쉬고, 그 다음 주 월요일부터 시작을 하기로 했습니다. 우선은 제 건물에 토목 일을 먼저 하고 그 다음 주에는 바로 십층의 일을 해야 합니다."

토목 일을 하는 것은 솔직히 조금 힘이 드는 일이었기에 두 목수도 그리 좋은 얼굴은 아니었다.

윤재는 그런 사실을 알기에 다음 말을 해주었다.

"그래도 이번에는 대모도가 많아서 일을 하시기에는 그리 어렵지 않을 겁니다."

윤재의 대답에 두 사람은 바로 얼굴이 환해졌다.

일을 도와줄 사람이 많다는 것은 그리 힘들게 일을 하지 않아도 된다는 이야기였기 때문이다.

윤재는 자신의 말에 바로 얼굴이 환해지는 것을 보고는 조금은 씁쓸한 기분을 느꼈다.

사람은 아무리 친하게 지내도 결국 돈 때문에 사이가 갈라진다는 말이 생각이 나서였다.

자신이 생각하는 마음처럼 모두가 한마음이 되지는 않다는 것을 윤재도 이번에 확실히 느끼게 되었다.

"그러면 다다음 주부터 본격적인 일을 한다는 말이지?"

"예, 그렇습니다."

"그래, 모두 들었으니 이제는 일 이야기는 그만하고 술이나 한잔 하도록 하자. 목구멍이 술을 달라고 아주 난리를 친다."

종혁은 이제 그만하고 술을 마시자고 하는 말이었다.

다들 종혁의 말에 웃으면서 본격적인 술을 마시기 시작했다.

윤재는 그렇게 술을 마시고 다음 날 아침부터 바로 최사장이 있는 현장으로 가게 되었다.

물론 윤재의 옆에는 종현이 따라가고 있었다.

윤재가 종현을 대동하고 가는 이유는 다른 것이 아니라 하나라도 더 배우라는 의미였다.

일을 하는 것도 중요하지만 눈으로 보는 것도 중요하기 때문에 데리고 가는 것이다.

나중에는 자신이 작은 건설회사라도 차리게 되면 종현을 함께 데리고 가려는 생각에서였다.

두 목수는 아니지만 종현은 그들과는 다른 인연이 있었기 때문이다.

"최 사장님, 아침 일찍부터 나와 계시는 겁니까?"

"허허허, 아니 오늘은 여기 무슨 일로 오신 겁니까?"

"저야 최 사장님이 하시는 일을 보고 배우려고 온 것이지요."

윤재는 대놓고 일을 알려 달라고 하고 있었다.

솔직하게 모르는 것은 배움을 청하는 것이 좋다고 생각해서 한 이야기였지만 그 말을 들은 최 사장은 오히려 벙찐 얼굴을 하며 윤재를 보고 있었다.

"나 이거야 원. 그렇게 대놓고 알려 달라고 하는 분도 있네요. 허허허."

최 사장의 그런 웃음이 윤재는 기회라고 생각을 하였다.

"제가 사장님이 아니면 어디 가서 이런 기회를 잡을 수가 있겠습니까."

윤재는 뻔뻔함은 이제 극의를 보이고 있었다.

윤재가 이러는 이유는 최 사장이 마음에 들기도 했지만 솔직히 자신의 건물을 짓는 것이기 때문에 하나라도 더 알고자 해서였다.

건물을 짓는 일이 눈으로 보고 익힌다고 모두 배울 수 있는 것이라면 누구라도 건물을 지을 수가 있었을 것이다.

눈으로 보기도 하지만 옆에서 알려 주는 지식도 무시를 할 수가 없는 일이 바로 건축 일이었다.

최 사장과 농담을 하면서 윤재는 최대한 많은 이야기

를 듣고 있었다.

윤재는 그렇게 현장에서 시간을 보내고 있을 때 정 회장의 식구들은 지금 윤재에 대한 정보가 부족하기 때문에 종현을 찾기 위해 사방에 연락을 하고 있는 중이었다.

일단 이들은 종현을 찾아야 윤재가 어디에 있는지를 알 수가 있었기 때문에 종현의 행방을 추적하고 있었다.

"아직도 연락이 없는 가냐?"

"예, 그 자식의 조직이 무너지고 완전히 잠수를 탔다고 합니다."

종현이 소매치기 조직에 있다는 것을 알고 있었던 정 회장의 식구들은 그를 찾기 위해 다른 소매치기 조직을 찾아가기도 했지만 얻은 소득이 없기에 이러고 시간을 죽이고 있었다.

"야, 그놈은 주변에 아는 여자도 없다고 하냐?"

"전에 알고 있던 여자가 있기는 했지만 요즘은 여자가 없었다고 합니다."

"그러면 다른 조직원들은 어디에 숨어 있다고 하냐?"

"일부 조직원은 아직도 병원에 입원을 하고 있다고 합니다. 저희가 가서 물어보았지만 당시 종현이 조직원들을

불러 조직이 무너졌으니 모두 그렇게 알고 조직을 해산시
켰다고 합니다. 그래서 조직원들도 더 이상 종현의 소식
을 듣지 못하고 있다고 합니다."

정 회장의 식구들은 종현이 완전히 잠수를 탔는지 아
직 찾지를 못해 윤재에 대한 행방을 찾을 수가 없었다.

이들이 종현을 찾는 이유는 바로 윤재를 찾기 위해서
였다.

하지만 기회는 오는 것인지 종현이 연주를 만나기 위
해 화곡동에 갔다가 얼굴을 알고 있는 인물들이 그런 종
현을 보게 되었고, 이는 바로 종현을 수소문하고 있는 조
직원들에게 알려지게 되었다.

이들은 종현의 종적을 찾기 위해 약간의 보상금을 걸
어 두었기 때문에 그 보상금을 노리고 연락을 하게 되었
던 것이다.

"형님, 오늘 조금 이상한 소리를 들었는데, 종현이 놈
을 화곡동에서 보았다고 합니다."

"뭐? 화곡동? 거기는 다른 조직이 있는 곳이잖아?"

"아마도 면도날의 복수를 하기 위해 화곡동에 자주 오
는 모양입니다."

면도날이 다른 조직원들에게 죽었다는 소식은 이들도

들었기 때문에 알고 있었다.

그리고 면도날이 종현을 오른팔로 삼고 데리고 있었다는 것을 알기에 그렇게 판단을 하고 있었던 것이다.

"그러면 놈이 다시 나타날 수도 있다는 이야기이니 애들을 화곡동에 밀집하여 놈이 나타나면 바로 잡아들이도록 해라."

"알겠습니다. 형님."

정 회장은 원래 경호원을 데리고 다니지만 다른 조직도 있었다.

집이나 다른 장소에 갈 때는 남들의 눈이 있어서 경호원을 대동하고 있지만 자신의 구린 일을 처리하기 위해서는 조직이 필요하였기 때문에 정 회장의 일을 전문으로 처리를 하는 조직이 있었다.

종현을 잡기 위해 정 회장의 조직원들이 화곡동으로 모여들기 시작하였다.

이들은 건달 조직이기 때문에 이미 화곡동에 있는 조직에게는 양해를 구하고 하는 짓이었다.

서로가 필요한 것이 있을 때는 상대 조직에 그 이유에 대해 설명을 하고 상대의 조직이 관할하는 구역으로 들어갈 수가 있었다.

물론 다음에 그만한 것을 주어야 하지만 말이다.

종현은 그런 사실을 모르고 오늘도 연주를 만나기 위해 부지런히 화곡동으로 오고 있는 중이었다.

이미 건달들은 종현이 화곡동 어느 지역으로 자주 오고 있다는 정보를 들었는지 종현이 오는 장소에 밀집을 하고 있었다.

종현은 연주의 가게가 있는 곳으로 가고 있었고, 종현의 종적을 찾은 건달들이 사방에서 종현을 포위하기 위해 움직이고 있었다.

이번에 놓치면 놈을 찾을 수가 없다고 생각하고 있어서였다.

종현은 연주의 가게에 거의 도착을 해서 주변에 이상한 놈들이 있다는 것을 알게 되었다.

"응? 누구지?"

종현은 갑자기 주변을 살피기 시작했지만 이미 많은 인원들이 자신을 포위하고 있다는 사실을 알게 되자 천천히 연주의 가게에서 멀어지기 위해 발걸음을 다른 쪽으로 향하기 시작했다.

이대로 가면 연주가 다칠 수도 있다는 생각에서였다.

종현이 그렇게 점점 멀어지고 있었지만 가게의 입구에

나와 있던 연주는 종현이 누구인지는 모르지만 많은 조폭 같은 놈들이 따라가는 것을 보게 되었다.

연주는 종현이 일부러 가게에서 멀어지려고 한다는 생각에 고함을 지르지는 않았지만 바로 윤재에게 전화를 걸게 되었다.

드드드.

"여보세요?"

윤재는 모르는 번호로 걸려 온 전화를 받지 않으려다가 받았다.

—저기, 이윤재 사장님이 되세요?

윤재는 자신의 이름을 말하고 있는 여자의 목소리에 조금 놀라기는 했지만 침착하게 대답을 했다.

"그렇습니다. 그런데 누구십니까?"

—저는 종현 씨 애인인데요. 지금 종현 씨가 누군가에게 쫓기고 있는 것 같아요. 눈으로 보기에도 조폭같이 생긴 사람들이 종현 씨를 쫓아가고 있어요.

윤재는 종현이 쫓기고 있다는 소리에 정신이 번쩍 들었다.

"거기가 어딥니까?"

—여기 화곡동이에요. 최대한 빨리 와 주세요.

연주는 그러면서 자세한 약도를 알려 주었다.

무슨 일인지는 모르지만 종현이 쫓기는 것을 보았기 때문에 마음이 편하지는 않았기 때문이다.

"알겠습니다. 연주 씨는 그냥 편하게 기다리고 계십시오. 나머지는 제가 알아서 처리를 하겠습니다. 그리고 혹시 오해는 하지 마십시오. 제가 무언가를 하라고 지시를 하였는데 건축 일이 가끔 그렇게 건달들과 엮이는 일이 있어서 그런 것이니 말입니다."

윤재는 연주가 종현과 결혼을 하려고 한다는 것을 알기에 혹시 오해를 하지 않도록 말을 해주었다.

—예, 알았으니 빨리 오시기만 하세요.

연주와 통화를 마친 윤재는 빠르게 옷을 입고는 바로 차를 타기 위해 내려갔다.

윤재는 차를 몰고 가면서 아마도 조직의 문제이거나 아니면 자신의 문제 때문에 종현이 쫓기고 있을 것이라는 생각을 하게 되었다.

누군지는 모르지만 종현을 만약에 건드렸다면 반드시 그 조직을 찾아내서 그냥 두지 않을 생각을 하고 있었다.

윤재는 최대한 빠르게 화곡동으로 달려가고 있었지만 길이 막히는 것을 무시할 수는 없었다.

시간은 가고 있었고 마음은 급한 윤재였다.

"이런 빌어먹을 무슨 차들이 이렇게 많은 거야?"

자신이 지금 퇴근시간에 차를 몰고 간다는 생각은 하지 않고 투덜거리는 윤재였다.

종현은 지금 필사적으로 도망을 가고 있었다.

사방이 놈들이라 도망을 가는 것도 쉽지가 않았지만 그래도 도망을 가던 가락이 있는지 제법 오랜 시간을 도망을 가고 있는 중이었다.

"헉, 헉, 헉. 나는 왜 쫓아오는 거야?"

종현은 도망을 가면서도 사방을 살피는 것은 잊지 않고 있었다.

아직도 자신을 따라오는 아주 질긴 놈들이기 때문에 종현은 이대로 가다가는 놈들에게 잡히게 될 것이라는 생각이 들어 결국 모험을 하기로 결정을 보았다.

"어쩔 수 없으니 우선은 남의 집을 넘어가는 것이 좋겠다."

자신이야 담을 넘은 것이지만 죽는 것보다야 났다고 생각을 하였기 때문이다.

종현은 그렇게 생각을 하고는 바로 주택이 있는 곳으

로 달렸다.

화곡동은 아직 개발이 안 된 곳이 많아서 일반 주택이 있는 곳이 제법 많았기에 종현이 그쪽으로 방향을 돌려 가고 있었다.

"헉, 헉, 야 너 거기 헉, 헉, 서라. 잡히면 아주 헉 헉, 뒈진다."

"헉, 헉, 미친 새끼들이 헉, 헉, 따라오지 않으면 헉, 헉, 되잖아."

숨이 가빠오고 도망을 가야 하는 종현의 입장에서는 지금 고함을 칠 힘도 없었지만 무조건 도망을 가고 있었다.

종현의 입장보다는 건달들이 더 죽을 것 같았다.

이들은 따로 체력 훈련을 하지만 이렇게 달리기는 하지 않았기 때문에 지금은 체력적으로 딸리고 있어 죽을 지경이었다.

종현은 드디어 개인 주택들이 있는 곳에 도착을 하자 눈앞에 있는 골목길을 향해 마지막 힘을 다해 뛰었다.

자신이 담을 넘는 것을 보고 경찰이 신고하기를 간절한 마음으로 바라면서 말이다.

종현은 골목길로 접어들자 바로 눈앞에 보이는 집의

담장을 집고 바로 넘어갔다.

건달들은 종현보다는 조금 늦게 도착을 하였는데 종현의 종적이 사라져 버렸기에 이내 바로 눈치를 채기 시작했다.

"놈이 아마도 남의 집으로 넘어간 것 같은데 어떻게 해야 합니까?"

"어떻게 하기는 새끼야 당장 잡아야지. 여기서는 도망을 갈 수도 없을 테니 조금 쉬었다가 각 집을 일대일로 방문을 해서 잡는 거다."

건달들도 지금 아주 죽을 맛이었기 때문에 하는 소리였다.

솔직히 아무도 없으면 그냥 누웠으면 하는 마음이 간절했다.

건달들이 골목길을 완전히 봉쇄를 하며 조금 쉬고 있을 때 종현은 지금 남의 집에 넘어와서 숨을 가다듬고 있었다.

"그런데 저 새끼들이 나를 쫓는 이유가 무엇 때문이야?"

종현이 생각하기로는 자신을 쫓을 이유가 없었기 때문이다.

그렇게 생각하다가 종현의 머릿속을 스치는 생각이 있었다.

"헉! 사장님 때문에 나를 쫓는구나."

종현은 윤재가 보물을 팔았다는 생각이 나자 저들이 자신을 쫓는 이유를 바로 알게 되었다.

종현은 마음이 급해지자 이내 품에 있던 핸드폰으로 윤재에게 전화를 걸었다.

혹시나 놈들을 들을지도 몰라 아주 조심스럽게 핸드폰을 감싸고 전화를 하고 있었다.

"여보세요? 나 화곡동에 도착을 했는데, 너 지금 어디에 있나?"

윤재는 종현의 핸드폰으로 걸려 온 전화에 바로 물었다.

—저기 사장님. 여기는 화곡동에 있는 주택가입니다. 지금 놈들이 저를 추적하기 위해 뛰었기 때문에 잠시 쉬고 있는데 빠져나갈 방법이 없습니다."

윤재는 종현이 있는 곳을 바로 알아내고는 종현에게 다시 이야기를 했다.

"지금 움직이지 말고 그대로 있어라. 금방 도착할 수가 있을 거다."

윤재는 자신이 있는 위치에서 그리 멀지가 않았기 때문에 하는 소리였다.

윤재는 급히 차를 몰아 종현이 있는 곳으로 갔다.

골목의 입구에는 쉬려고 하는지 완전히 퍼져 있는 건달 두 명이 입구를 막고 있었다.

윤재는 차를 건달들이 있는 입구까지 몰고 갔다.

"스톱! 여기서부터 더 이상 갈 수 없으니 그만 돌아가세요."

그래도 일반인이라고 좋게 말을 하는 것 같아 보였다.

"당신들 누군데 여기서 입구를 막고 있는 거야?"

윤재는 마치 자신의 집이 안에 있는 것처럼 행동을 하고 있었다.

건달들도 윤재의 행동이 하도 자연스러워서 조금은 미안한 기색을 하며 윤재에게 사정을 설명하려고 하였다.

"미안합니다. 여기 우리가 쫓고 있는 놈이 있어서 그러니 이해를 해주셨으면 합니다."

건달이 아주 건달스럽게 이야기를 하고 있었다.

윤재는 그런 놈들을 보고는 속으로 웃겨 죽는 줄만 알았다.

'저런 놈들이 건달이라고 하니 내가 어이가 없네.'

윤재는 그렇게 생각하고는 바로 차에서 내렸다.

윤재는 그리 체격이 크지 않았기 때문에 건달들이 그런 윤재를 보고 겁을 먹을 이유가 없었다.

윤재는 건달들에게 다가가서 그대로 두 놈을 내리쳤다.

퍽! 퍽!

"으윽!"

"커억!"

윤재가 때린 곳은 목이라 절대 소리를 지르지 못했고 그대로 기절을 하고 말았다.

놈들이 쓰러지는 것을 본 윤재는 서둘러 안으로 들어갔다.

물론 한 손에는 핸드폰으로 전화를 걸면서 말이다.

─여보세요.

아주 작은 목소리로 대답을 하는 종현에게 윤재는 바로 이야기를 했다.

"지금 입구에 있는 놈들은 내가 정리를 했으니 걱정 말고 지금 어디에 있는 거냐?"

윤재가 정리를 하였다고 하자 종현은 조금 안심이 되는지 고개를 들어 담 밖의 상황을 보게 되었다.

윤재는 골목길로 접어들면서 입구에 있는 두 놈을 제외하고는 모두 골목길에 들어가 있다는 것을 알게 되었다.

눈으로 대강 보아도 한 이십 명 정도 되는 인원이 안에 앉아 있는 것을 보고는 놈들이 지금 상당히 힘들어 하고 있다는 사실을 알게 되었다.

윤재는 그냥 멀쩡한 상태의 건달이라고 해도 당하지 못하는 실력을 가지고 있는데 이런 정도의 놈들이라면 바로 해결을 할 수가 있었다.

―사장님, 놈들이 많으니 제가 알아서 나가도록 하겠습니다.

"그냥 나와라, 놈들은 내가 있으니 걱정하지 말고. 오늘 몸 좀 풀어 보자."

윤재는 종현이 그냥 나오라고 하면서 오늘은 건달들을 상대로 몸을 풀려고 하고 있었다.

그동안 무예를 익히고는 있지만 실전을 제대로 하지 못해 고민이었는데, 이런 공짜로 할 수 있는 실전 상대들을 두고 그냥 간다는 것은 바보 같은 행동이라고 생각이 들어서였다.

실전이라는 것은 자주 할수록 무예의 깊은 맛을 알게

해주는 아주 중요한 부분이었다.

윤재는 요즘 건축 때문에 신경도 날카로웠는데 아주 잘되었다는 생각이 들었다.

종현은 윤재가 어떤 인물인지를 알기에 윤재가 나오라는 소리에 바로 대문을 따고 나오게 되었다.

"어? 저기 놈이 나왔는데요?"

"흐흐흐, 이제 포기를 한 것 같지만 우리를 아주 죽도록 고생을 시킨 놈이니 제대로 손을 봐주도록 해라."

"예, 형님."

앉아 있던 놈들이 모두 일어서면서 종현의 주변으로 몰려오기 시작했지만 종현은 그런 놈들을 보고 겁을 먹지 않았다.

"야! 나를 쫓는 이유나 알고 싸우자."

종현은 정말 궁금해서 물은 것이지만 그런 종현의 물음에 대답을 하는 놈은 하나도 없었다.

그때 종현이 있는 뒤에서 천천히 걸어오는 인물이 있었는데 바로 윤재였다.

"어이 거기 아저씨. 입구에 우리 애들이 막지 않았어? 어떻게 들어온 거야?"

"입구에 있는 쓰레기들은 모두 정리를 하였으니 들어

온 거지. 이제 너희만 정리하면 되냐?"

윤재는 건달들을 보며 그렇게 말을 하고 있었다.

입구에 있는 동생들을 정리하였다는 소리에 남자는 눈빛이 달라졌다.

"누구냐? 감히 우리 조직에 대항할 생각을 하고 있다는 것만 해도 용기가 있는 놈이지만 오늘은 급한 일이 있어 다시 한 번 기회를 줄 테니 그냥 가라."

윤재는 건달이 하는 이야기를 들으면서 대답을 하지 않고 종현을 보며 물었다.

"어디 다친 곳은 없냐?"

"예, 없습니다."

종현은 건달들이 있는 자리이기 때문에 사장님이라는 소리를 하지 않았다. 혹시나 놈들이 그런 것을 가지고 또다시 추적을 할 수가 있었기 때문이다.

"그러면 되었다. 내가 놈들을 정리할 테니 너는 차에 가서 그만 쉬고 있어라."

"알겠습니다."

종현은 그렇게 대답을 하고는 바로 차가 있는 입구로 걸어가려고 했다.

하지만 종현이 가는 것을 그냥 보고 있을 건달들이 아

니었다.

"이 미친 새끼가 어디를 간다는 거야? 애들아 놈을 잡
아라."

건달들 중에 한 명이 소리를 치자 나머지 놈들이 바로
움직이기 시작했다.

하지만 이들의 움직임은 윤재에 의해 모두 차단을 당
하고 있었다.

윤재는 건달들이 움직이기 시작하자 바로 자신도 움직
였는데, 한 번에 한 명씩 박살을 내기 시작하였다.

퍽! 꽈직!

"으악!"

퍽! 꽈드득!

"크아악!!"

윤재가 움직이며 때리는 부위는 다리와 팔이었는데 문
제는 윤재가 때리는 부위는 모두 부러지고 있다는 것이
가장 문제였다.

아무리 건달이라고 해도 뼈가 부러지면 아플 수밖에
없었기 때문이다.

수하들이 윤재의 움직임에 모두 뼈가 부러지는 소리를
내며 비명을 지르자 이들 중에 대장인 놈은 조금 놀라고

있었다.

"누군데 종현을 구하려는지는 모르지만 우리는 강남의 정 회장님을 모시고 있는 조직이다. 우리 일에 개입을 하게 되면 아마도 편하게 살 수가 없을 거다. 그러니 그만 물러나라. 그러면 없던 일로 해주겠다."

"어이, 말로 하지 말고 행동으로 보여 줘. 나 시간 없으니 말이야."

윤재는 말을 하고 있는 건달을 보며 그렇게 대답을 해주었다.

건달은 윤재의 대답에 바로 인상을 쓰게 되었다.

놈이 아무리 실력이 좋다고 해도 아직 남아 있는 수하들과 자신이라면 충분하다고 생각을 해서였다.

"단체로 놈에게 공격을 해라."

명령을 내리고는 놈도 윤재에게 다가가고 있었다.

눈빛을 보니 아마도 기회를 노리는 모양이었다.

그러나 윤재는 그런 놈들을 보며 비웃음만 지었다.

"주제에 건달이라고 건들거리기는 하는 모양이네. 오늘 아주 정신개조를 시켜 주도록 하마."

윤재는 그렇게 말을 하고는 건달들이 오기를 기다리지 않고 직접 그 안으로 들어가기 위해 움직였다.

윤재가 움직이기 시작하자 건달들은 그런 윤재를 공격하기 위해 움직였지만 윤재는 아주 교묘하게 놈들의 공격을 차단하고 있었다.

그리고 윤재의 공격이 시작이 되자 바로 비명이 터지기 시작했다.

퍽! 우드득!

"아악!"

퍽! 꽈득!

"커헉!"

윤재는 쉬지 않고 건달들의 뼈를 박살 내주고 있었다.

이거는 마치 일격필살의 공격이라는 것을 보여 주고 싶어서 하는 행동 같아 보였다.

한참으로 그렇게 공격을 하니 주변에 남아 있는 놈은 달랑 한 명만 남게 되었다.

놈은 완전히 공포에 질려 있는 눈빛을 하고 있었다.

"도대체 누구인데 우리가 하는 일을 방해하는 거요?"

놈은 이제는 완전한 존대를 하고 있었다.

이는 상대의 실력이 자신은 감히 대들지도 못할 정도로 강하다는 것을 느꼈기 때문이었다.

"내가 아는 동생을 너희들이 먼저 건들렸으니 그만한

벌을 받아야 하지 않겠어?"

윤재의 말에 남자는 눈앞에 있는 인물이 바로 자신들이 찾고 있는 사람이라는 것을 알게 되었다.

"당신이 강남의 정 회장의 경호원을 박살 낸 사람이오?"

"강남의 정 회장이면 맞을 거야."

윤재의 대답에 남자는 솔직히 덤빌 엄두를 내지 못하고 있었다.

이거는 상대가 어느 정도는 되어야 그런 생각을 하지 지금 자신이 보고 있는 자는 감히 그런 생각도 들지 않게 하고 있었기 때문이다.

"우리는 당신을 찾기 위해 종현을 찾은 것이오."

"그래서?"

"정 회장님이 당신과 만나기를 원하고 계시오."

"만나서 무슨 이야기를 하려고 하는데?"

윤재는 정 회장이라는 인물을 생각하니 그리 달가운 존재가 아니라고 생각하게 되었다.

아주 치사하고 더러운 놈이라고 생각을 하고 있었기 때문이다.

"우리는 그저 명령을 받아 움직인 것뿐이오."

"너 그걸 지금 변명이라고 하는 거냐? 동생들을 모두 박살이 났는데 형이라는 놈이 덤빌 생각은 하지 않고 지금 주접을 떨고 있잖아."

윤재는 지금 눈앞에 있는 놈처럼 강자에게는 약하고 약자에게만 강하게 나가는 놈들을 가장 혐오하였기 때문에 하는 소리였다.

윤재가 그런 말을 하자 남자도 창피한 것은 아는지 얼굴이 붉어지고 있었다.

"우리는 받은 명령이 있어 우선은 따라야 하니 어쩔 수 없는 일이오."

이들에게는 윤재를 찾는 것이 가장 큰 명령이었기 때문에 하는 말이었지만 윤재가 보기에는 변명에 불과했다.

"이제 다 떠들었으니 마저 정리를 하자."

윤재는 남자에게 천천히 걸어갔다.

윤재가 다가오자 남자는 자신도 모르게 뒤로 물러나고 있었다.

그런 남자를 보며 윤재는 정말 재수 없는 놈이라는 생각을 하게 되었다.

"너같이 비겁한 놈을 형이라고 생각하고 있는 저놈들이 불쌍하다."

윤재는 그렇게 말을 하고는 번개같이 빠르게 놈을 향해 움직였다.

퍽! 빠각! 퍽! 꽈드득!

"크아악. 아악!"

윤재는 놈을 더 심하게 뼈를 박살을 내버렸다.

이런 놈은 세상에 살아 있으면 절대 좋은 일을 하지 않을 놈이기 때문이었다.

윤재는 그렇게 모두를 박살내고는 유유히 골목길을 빠져 나가고 있었다.

윤재는 골목길을 오기 전에 혹시 카메라가 있는지를 먼저 확인을 하였지만 다행이도 아직 그런 시설을 하지는 않아 자신의 얼굴이 노출이 되지는 않아 다행이라는 생각을 하였다.

물론 골목길에 있는 주택의 안에서 핸드폰으로 촬영을 할 수도 있겠지만 너무 어두운 곳이라 핸드폰으로는 절대 얼굴을 확인하지 못하기 때문에 걱정을 하지 않았던 것이다.

윤재는 그렇게 조용히 골목길을 빠져 나와 차를 타고 바로 집으로 이동을 하였다.

"지금 당장 연주 씨에게 전화를 해라. 너가 잡혀 간다고 나에게 전화를 한 사람이 바로 연주 씨이다."

종현은 연주가 자신을 위해 전화를 하였다고 하자 깜짝 놀랐다.

윤재는 종현이 놀라는 모습을 보고는 다시 이야기를 해주었다.

"내가 연주 씨에게는 건축 일을 하다 보면 가끔 건달들과 다투는 일이 있다고 했으니 그렇게 알고 설명을 잘 해야 한다."

종현은 윤재가 하는 이야기를 듣고는 바로 이해를 하였다.

그리고 연주에게 말을 하기도 좋은 것이 이번에 윤재가 새로 건물을 짓고 있었기 때문에 조금만 설명을 하면 충분히 이해를 시킬 수가 있다고 생각하고 있었다.

연주를 이해시키기 위해 하는 거짓말이지만 우선은 윤재에게 먼저 양해를 구해야 하는 문제였기에 윤재를 보게 되었다.

"저기 사장님. 이번 일은 건달들에게 제가 쫓기는 일이라 설명을 하기가 쉽지 않습니다. 그래서 이번에 짓는 건물을 이용하여 변명을 하려고 하는데 이해를 해 주십시오."

"무슨 거짓말을 하려고 하는지는 모르지만, 여자 때문에 하는 것이라고 하니 이해를 해 주마."

윤재는 연주 때문에 하는 거짓말이라고 하니 바로 용서를 해 주기로 했다.

6장

윤재를 찾는 검은 무리들

종현은 윤재의 허락을 받아 바로 연주에게 전화를 했다.

드드드.

—여보세요? 종현 씨?

"연주 씨, 사장님께 이야기를 들었습니다. 저 때문에 전화를 하셨다고요?"

—어디 다치신 곳은 없어요?

"하하하, 걱정하지 마세요. 다친 곳은 없으니 말입니다."

종현은 길게 말을 하고 싶었지만 연주의 말에 말을 짤

리고 말았다.

―지금 당장 이리로 오세요. 제 눈으로 직접 확인을 하기 전에는 안심을 할 수가 없으니 말이에요.

연주는 종현이 진심으로 걱정이 되었기에 하는 소리였다.

열심히 살고 있는 사람에게 건달들이 몰려든 이유도 궁금했기 때문이다.

종현은 연주의 말을 듣고는 자신도 모르게 윤재의 눈치를 보게 되었다.

윤재는 귀가 좋아서 종현이 핸드폰으로 하는 대화를 모두 들을 수가 있었기에 지금 종현의 입장이 상당히 난처하다는 것을 알았다.

"운전을 할 줄은 알지?"

"예, 알고 있습니다. 사장님."

종현이 대답을 하자 윤재는 바로 세웠다.

윤재는 차에서 내리고는 종현을 보며 말했다.

"아침에 일찍 들어와라."

그렇게 말을 하고는 그대로 떠나는 윤재였다.

종현은 지금 윤재가 자신에게 차를 몰고 연주를 만나러 가라는 것을 알게 되자 솔직히 기쁘면서도 이상한 기분이 들었다.

남자가 감동을 먹는다고 하면 조금 이상할지는 모르지만 지금 종현이 그런 기분을 느끼고 있었다.

'감사합니다. 사장님. 반드시 이 은혜는 갚도록 하겠습니다.'

종현은 속으로 그렇게 말을 하고 있었다.

윤재는 바로 택시를 타고 집으로 갔다.

종현은 그런 윤재가 가는 모습을 보면서 자신도 차를 몰고 연주가 기다리고 있는 집으로 갔다.

연주의 집에서는 종현을 기다리고 있는 그녀의 모습이 보였다.

종현은 차를 연주의 집 앞에 대고 내렸다.

"종현 씨!"

연주는 종현을 보고는 바로 달려와 안겼다.

종현은 연주가 갑자기 안기는 바람에 얼떨결에 안아주었지만 지금 아주 묘한 기분이 되어 있었다.

두 사람은 한참의 시간을 그렇게 안고만 있었다.

종현은 그런 연주가 싫지가 않았다.

연주는 시간이 흐르자 자신이 지금 종현의 품에 안겨 있다는 사실을 알게 되자 부끄러워 벗어나지를 못하고 있었다.

종현은 그런 연주의 입장을 알기에 조심스럽게 연주를 떼어 냈다.

"연주 씨, 마음고생을 시켜서 미안합니다."

"흑, 흑, 정말 걱정이 되어 죽을 것 같았어요."

연주는 마침내 울음을 터트리고 말았다.

종현은 그런 연주의 어깨를 부드럽게 감싸 안아 주었다.

그러면서 종현은 자신도 모르게 고개가 숙여지고 있었다.

종현과 연주는 그렇게 자연스럽게·키스를 하게 되었다.

물론 누가 강제로 하려고 한 것도 아니었다.

"으음."

연주의 울음이 그치며 자연스럽게 입안에서는 달콤한 비음이 흘러나왔다.

종현은 연주가 흘리는 비음에 자신도 모르게 더욱 연주의 입술을 탐닉하게 되었고, 한동안 두 사람은 그렇게 키스를 하며 시간을 보내게 되었다.

길지도 않고 짧지도 않은 키스를 마친 두 사람은 서로의 얼굴을 보지 못하고 어색한 분위기를 만들고 있었다.

종현은 이런 분위기가 나쁘지만은 않았기에 한동안 즐기고 있었다.

연주는 이런 묘한 분위기가 아직은 적응이 되지 않았기에 참지를 못하고 종현을 보게 되었다.

"도대체 어떻게 된 거예요?"

종현은 연주가 질문을 하자 바로 준비한 이야기를 하기 시작했다.

"사실은 우리 사장님이 이번에 새롭게 시내에 건물을 짓게 되었는데, 그 건물의 위치가 좋아서 그 동네 건달들이 건물에 나이트를 개장하게 해달 라고 했어요. 그런데 그 동네 조직만 그런 것이 아니고 다른 곳의 조직들도 나이트를 하게 해 달라는 청탁이 들어와서 사장님도 곤란한 입장이 되었습니다."

종현은 그렇게 시작하여 연주가 이해를 하게 아주 자세히 거짓말을 하게 되었다.

일부는 거짓말이지만 일부는 진실이었기에 종현의 말은 아주 자연스럽게 연주를 이해시키고 있었다.

연주도 나이트가 조폭들이 운영을 한다는 사실을 알고 있었기 때문에 가능한 일이었다.

사람들은 일반인들이 모르고 있는 것이 많다고 생각하

지만 사실은 이들은 인터넷을 통해 많은 것을 알고 있었다.

　연주도 그런 사람들 중에 한 명이었고 말이다.

　연주는 종현의 이야기를 듣고는 사장님 때문에 종현이 곤욕을 치르게 되었다고 믿게 되었다.

　"그래서 제가 사장님께 전화를 드렸더니 그런 반응을 보이신 것이군요."

　"그런 반응이라니요?"

　"제가 전화를 드리니 사장님이 상당히 놀라는 말투였거든요."

　연주는 윤재가 자신 때문에 종현이 조폭들에게 쫓기고 있다고 생각을 하여 오게 되었다고 판단을 하고 있었다.

　물론 사실이 윤재 때문에 그런 일이 발생한 것은 사실이었기에 종현도 연주가 그렇게 말을 하는 것에 반박을 하지는 않았다.

　"그래도 우리 사장님을 미워하지 마세요. 연주 씨."

　"저도 그렇게 생각하지는 않아요. 만약에 제가 그렇게 생각했다면 지금 말을 좋게 하지도 않았을 거예요."

　연주의 말을 듣는 종현은 등에 절로 식은땀이 흐르는

기분이 들었다.

  종현과 연주는 그렇게 집에 들어가지도 않고 둘만의
시간을 보내고 있을 때 건달들이 부상을 입은 골목에서는
지금 경찰들이 도착하여 모조리 뼈가 부러진 건달들을 보
고 놀라고 있었다.

  "이거는 완전히 박살을 내놓았는데요?"

  "일단 중상자는 빨리 병원으로 이송을 하고 아직 정신
이 있는 놈은 빨리 서로 데리고 가자고."

  "예, 김 형사님."

  골목길의 전투는 주민들이 신고를 하는 바람에 경찰이
출동을 하게 되었고, 정 회장의 조직원들은 모두 그렇게
경찰에게 잡혀가고 말았다.

  하지만 입구에 기절을 하였던 두 놈은 정신을 차리고
숨어 있는 바람에 경찰을 피할 수가 있었다. 이들은 바
로 강남으로 가서 이번 사태에 대한 보고를 하게 되었
다.

  "이런 미친놈들이 그자를 건드리면 어쩌자는 거야?"

  정 회장은 자신이 뒤를 봐주고 있는 조직이라 이번 일
을 맡긴 것인데 아주 일을 제대로 만들어 놓았기 때문에

화를 내고 있었다.

정 회장 자신이 있는 자리에서 열 명의 경호원을 떡이 되도록 두들겨 팬 놈인데 그런 자를 상대로 겨우 이십여 명이 가서 상대를 할 수가 없었기 때문이다.

그리고 자신은 그자의 대한 신상 정보를 원한 것이지 그자에게 해를 입히라는 지시를 하지 않았는데도 일을 이상하게 만들어 놓았으니 이제 고민이 되었다.

절대로 그냥 있을 놈이 아니라는 생각이 들어서였다.

"이 새끼들 이번 일만 처리를 하면 절대로 그냥 있지는 않을 거다."

정 회장은 그렇게 말을 하고는 바로 핸드폰으로 전화를 걸었다.

―여보세요? 정 회장님, 어쩐 일이십니까?

"전에 내가 한 이야기는 어찌 되었소?"

―아직 조직의 상부에서 내려온 지시가 없습니다, 회장님.

"아니 내가 조직에 얼마나 많은 자금을 대고 있는지 알고 하는 소리요?"

정 회장은 지금도 조직을 위해 많은 자금을 대주고 있기 때문에 하는 소리였다.

―알고 있습니다. 하지만 저도 상부에서 지시가 없으면 움직이지 못한다는 사실을 아시고 계시지 않습니까?

정 회장은 자신과 대화를 하고 있는 남자의 입장은 충분히 이해를 하였지만 지금은 자신이 더 급하게 되었기 때문에 결국은 화를 내게 되었다.

"아무리 상부의 지시가 없다고 해도 그렇지 이는 나를 너무 무시하는 처사가 아니오?"

정 회장이 화를 내자 정 팀장은 속으로 화가 났지만 그래도 명색이 자본주이니 참아야 했다.

―회장님, 조금만 더 기다려 주십시오. 제가 다시 상부에 보고를 해 보겠습니다.

"아니 내가 지금 놈에게 보복을 당하게 생겼는데 어떻게 기다리라는 말이오?"

정 회장은 결국 강남의 조직이 놈을 건드리는 바람에 조직원들이 모두 병원에 실려 갔다는 이야기도 하게 되었다.

만약에 지금이라도 놈이 오게 된다면 자신은 다른 놈들처럼 병신이 될 수가 있었기 때문이다.

정 팀장은 정 회장의 말을 듣고는 정 회장이 지금 욕심을 부리고 있다는 사실을 알았다.

하지만 아직은 정 회장은 조직에 필요한 사람이라는 생각에 우선 자신의 권한으로 두 명을 보내 주려고 마음을 먹게 되었다.

—정 회장님, 성급하게 일을 벌이셨군요. 일단은 급하시니 두 명을 먼저 보내 드리도록 하겠습니다. 그들이라면 충분히 회장님을 보호할 수가 있을 겁니다.

정 팀장은 우선 정 회장이 다급하니 자신의 권한으로 두 명의 조직원을 보내기로 했다.

조직에 속해 있는 모든 사람들은 무예를 익히고 있는 인물들이라 일반 건달들의 실력으로는 절대 당하지 않을 정도의 실력은 가지고 있었기 때문이다.

물론 정 팀장이 보기에는 일반적인 건달이 아니라고 보고 있지만 말이다.

"정말이오?"

—제가 언제 회장님께 거짓말을 한 적이 있던가요?

정 팀장의 대답에 정 회장의 얼굴이 달라지고 있었다.

조금 전에만 해도 다급해 보이던 기색이 이제는 서서히 사라지고 없었다.

"알겠소. 그러면 언제 도착을 하는 것이오?"

—통화를 마치시고 두 시간 정도면 도착을 할 수가 있

을 겁니다, 회장님.

"고맙소. 내 나중에 반드시 은혜를 갚도록 하겠소."

정 팀장은 정 회장이 말은 저렇게 하지만 나중에 시간이 흐르면 기억을 하지 못한다는 사실을 잘 알고 있었다.

정 회장은 항상 건성으로 인사를 하는 것이 습관이었기 때문에 주변에 평이 그렇게 좋지를 않았다.

―하하하, 회장님이 그렇게 말씀을 하시니 기억하고 있겠습니다.

"허허허, 기대를 해도 좋소."

정 회장은 그렇게 말을 하고는 전화를 끊었다.

이제 원하는 것을 얻었으니 더 이상 통화를 하는 것은 낭비라고 생각하였기 때문이다.

정 회장은 전화를 끊고는 바로 정 팀장을 비웃고 있었다.

'흐흐흐, 미친놈이 나중은 무슨 나중이야. 내가 원하는 것만 주면 되지. 흐흐흐.'

정 회장은 상대가 자신에게 속았다고 생각하고 있었지만 이미 상대는 그런 정 회장을 읽고 있다는 사실은 모르고 있었다.

"종현이를 추적하던 놈들을 불러라."

정 회장은 두 명의 무술가가 도착을 하면 다시 놈들을 추적할 생각을 하고 있었다.

이제는 실력자가 있으니 걱정이 없어서였다.

정 회장이 듣기로는 놈이 화곡동에 나타나는 이유가 면도날의 복수를 하기 위해서라고 들었기 때문에 아직 놈들에게 복수를 하지 않은 종현이 다시 화곡동에 나타날 확률이 높았기 때문이다.

하지만 정 회장은 종현이 이미 복수라는 생각을 하지 않고 있다는 사실을 모르고 있기에 그런 오해를 하고 있었다.

종현은 자신이 화곡동에 가면 좋지 않은 일이 생길 것을 염두에 두고는 이제 절대 그 근처에는 가지 않을 생각을 하고 있었기 때문이다.

"회장님, 찾으셨습니까?"

"그래, 화곡동에 놈이 나타났다고 들었다. 당시의 상황에 대해 설명을 해 봐라."

두 명의 건달은 정 회장이 이해를 할 때까지 설명을 하기 시작했다.

한참의 시간 동안 듣기만 하던 정 회장의 눈빛이 약간

달라지고 있었다.

"그만 되었으니 나가 봐라."

"예, 회장님."

두 명의 건달은 자신들이 정 회장을 직접 만나게 되었다는 사실만 가지고도 어깨에 힘들이 가고 있었다.

조직이라는 것이 상부의 인물과 접촉을 하게 되면 그만큼 인정을 받고 있다고 볼 수가 있기 때문에 가지는 생각이었다.

건달들이 나가자 정 회장은 무언가 깊은 생각을 하고 있었다.

정 회장이 보기에는 종현이 화곡동에 복수를 하기 위해 나타난 것이 아니라는 판단이 들어서였다.

무언지는 모르지만 분명히 화곡동에 무언가 종현을 오게 만드는 것이 있다는 생각이 드는 정 회장이었다.

"흐흐흐, 아무리 도망을 가도 반드시 네놈을 잡을 것이다. 보물은 나만이 가질 수가 있는 거니 말이다."

정 회장이 그렇게 집요하게 종현을 노리고 있었지만 종현은 윤재와 함께 생활을 하면서 화곡동에는 가지 않고 있었다.

"사장님, 화곡동에 가지 않는다고 해도 이곳에 있으면 놈들이 추적을 하게 될 겁니다."

윤재는 정 회장이 자신을 노리는 이유에 대해 알고 있었다.

놈이 노리는 것은 아마도 자신에게 더 많은 보물이 있을 것이라는 오해를 하고 있어서라고 생각하는 윤재였다.

"흠, 정 회장을 그냥 정리를 하는 것이 좋을까?"

윤재가 하는 소리를 들은 종현은 기겁을 하고 말았다.

"사… 사장님. 정 회장을 정리하게 되면 그동안 정 회장과 관계가 있는 사람들이 모두 사장님을 찾게 될 것입니다. 그리고 정 회장은 우리가 알지 못하는 강력한 조력자가 있다는 이야기가 있습니다. 그러니 정 회장을 건드리는 것은 다시 한 번 생각해 보시기 바랍니다."

윤재는 종현이 하는 말을 들으면서 정 회장과의 악연을 이대로 끌고 갈 수는 없다고 판단을 하고 있었다.

놈들이 비록 정치인들과 관계가 있다고는 하지만 자신이 잘못을 하지 않았기에 크게 다칠 일은 없다고 판단을 하고 있었다.

그리고 윤재에게는 아주 강력한 해결 방법이 있기도

했고 말이다.

윤재에게는 바로 강력한 정신을 조절하는 방법이 있었기 때문이다.

정치인이 만약에 개입을 하게 된다면 바로 그놈을 찾아 정신을 조작할 생각을 하고 있었다.

윤재는 착한 인물이 아니었기 때문에 자신에게 해가 된다고 생각하면 가차 없이 손을 쓸 수 있는 인물이었다.

물론 정직하고 착한 사람에는 그런 짓을 하지 않겠지만 말이다.

윤재는 종현이 걱정스러운 얼굴을 하는 것을 보고는 입가에 미소를 지어 주었다.

"너는 다른 걱정을 하지 않아도 된다. 나는 내 사람을 버리지 않으니 말이야."

윤재는 종현을 이제는 자신의 사람이라고 생각을 하고 있었다.

그래서 함께 있는 것이기도 하고 말이다.

윤재는 성격이 원래 차분하고 독하기로 유명했던 인물이었고 절대 자신을 배신하지 않으면 버리지 않는 그런 성격을 가지고 있었다.

사실 친구 놈이 자신을 배신하고 돈을 가지고 갔을 때

도 말만 하고 가지고 갔으면 모두 용서를 해줄 수도 있는 문제였다.

하지만 그 친구는 자신을 버리고 여자를 택하였고, 윤재는 돈으로 친구를 잃었지만 대신에 얻은 것이 있었는데 바로 세상에는 믿을 놈이 없다는 것이었다.

그 후로는 절대 사람을 믿지 않았고 눈앞에 있는 종현도 마찬가지였다.

자신을 배신하지 않으면 버리지는 않겠지만 그렇다고 믿고 있는 것은 아니었다.

윤재는 절대로 사람을 믿지 않았기 때문이다.

"감사합니다. 사장님."

종현은 감격을 해서 하는 말이었지만 윤재는 그런 종현을 보고만 있었다.

종현이 자신의 집으로 가자 윤재는 많은 생각을 하게 되었다.

자신이 비록 강하기는 하지만 만약에 많은 사람들이 계획적인 함정을 파고 기다리고 있다면 당할 수도 있다는 생각을 하게 되었고 세상은 독불장군은 없다는 생각도 하게 되었다.

그렇다고 윤재가 조직을 만들고 싶지는 않았다.

"흠, 가장 좋은 방법은 내가 하루라도 빨리 다른 기술들을 배우는 것인데 말이야."

윤재는 아직 배우지 못한 기술들 중에 몸을 이동시키는 것을 배웠으면 하는 생각이 간절했다.

이동을 배우게 되면 자신의 내공의 양에 따라 이동을 할 수가 있었기 때문이다.

비록 내공이 약하기는 해도 정 회장의 주변에 가서 이동을 하면 충분히 정 회장을 처리할 수가 있을 것 같았기 때문이다.

그렇게 생각을 하자 윤재는 내공을 늘일 수 있는 방법에 대해서 생각을 하게 되었다.

가끔 산삼을 먹으면 내공이 강해진다는 이야기를 들은 기억이 나기는 했지만 솔직히 산삼을 구할 재주가 없었다.

산삼 같은 귀한 것을 아무에게나 팔지를 않았기 때문이고 설사 판다고 해도 비밀리에 팔고 있었기 때문이다.

그러니 윤재가 산삼을 사고 싶다고 해서 사지는 그런 물건이 아니라는 이야기였다.

산삼이 아니고 장뇌삼이라면 달라지지만 말이다.

"우선은 장뇌삼이라도 한 번 먹어 보고 효과가 있으면

산삼을 구할 방법을 찾아보도록 하자."

윤재는 그렇게 결정을 하고는 가장 우선적으로 자신의 힘을 키우는 것을 중점적으로 하자는 결론을 내리게 되었다.

한동안은 이곳에 있으면 놈들이 찾을 수가 없겠지만 놈들이 사력을 다하고 찾는다면 이곳도 결코 안전한 곳은 아니라는 생각을 하게 되었다.

윤재는 아직은 자신이 부족하다고 생각하고 그런 결정을 하게 되었다.

그 후로 윤재와 종현은 차를 타고 이동을 하고 있어 주변에 누구도 윤재와 종현이 부천에 살고 있다는 사실을 알지 못하게 조심해서 행동을 하고 있었다.

물론 윤재와 종현이 현장에만 있으니 그런 것이기도 하지만 말이다.

윤재가 거액의 자금을 가지고 있기 때문에 설마 이들이 노가다 현장에서 일을 하고 있다고 생각하는 사람은 없을 것이라는 판단에서였다.

정 회장은 아무리 찾아도 놈들을 찾을 수가 없자 매일 화를 내고 있었다.

꽝!

"이런 머저리 같은 놈들이 놈을 놓치지 않았다면 이런 일이 생기지 않았을 것이 아니냐?"

"회장님, 그래도 조직원들이 병원에 있는데 약간은 지원을 해주는 것이 좋지 않습니까?"

"흥! 그런 놈들에게 무슨 지원이냐? 그런 놈들에게는 한 푼도 지원을 해줄 수가 없으니 그렇게 알고 가거라."

정 회장이 화를 내는 이유가 바로 종현을 찾아 놓고도 잡지 못했기 때문에 그런 것이다.

자신은 분명히 종현의 위치를 추적을 하라고 했지 잡으라는 지시를 내리지 않았기 때문이다.

만약에 종현을 추적만 했으면 놈들이 근거지가 어디인지를 금방 알아냈을 것이고 바로 놈들을 잡을 수도 있었다고 생각하는 정 회장이었다.

지금 정 회장의 옆에는 전에 보이지 않던 인물이 두 명이나 있었는데 정 회장은 바로 이들을 믿고 있었던 것이다.

이들이라면 윤재를 충분히 상대를 할 수가 있을 것이라는 판단을 하고 있었기에 이렇게 난리를 치고 있었다.

강남의 조직을 이끌고 있는 한태명은 정 회장이 그렇게 말을 하니 속에서 열불이 났지만 지금은 조직원을 위해 고개를 숙여야 할 때라는 것을 알기에 가만히 기다리고 있었다.

비록 자신이 정 회장의 돈을 받고 있기는 하지만 그래도 자신은 건달이지 정 회장의 꼬붕은 아니었기 때문에 화가 나는 것이다.

"회장님, 진심으로 죄송하게 되었습니다. 이번 한 번만 자금을 지원해 주셨으면 합니다."

정 회장도 한태명이 아직은 쓸 만한 놈이라는 것을 모르지는 않았다.

하지만 화가 나는 것도 어쩔 수가 없었기에 이러고 있는 것이다.

결국 정 회장이 원하는 것은 자신에게 더욱 머리를 조아리라는 뜻이었다.

한태명은 그런 정 회장의 성격을 알기에 이렇게 고개를 숙이고 있었고 말이다.

이번에 검거를 당한 조직원들은 조직의 삼분의 일이나 되는 인원이기 때문에 변호사를 선임하는 것도 문제가 되었다.

한두 명이라면 모르지만 단체로 걸려들었기 때문에 한태명의 입장에서도 미칠 것만 같은 기분이었다.

그렇다고 조직원들을 두고 그냥 있을 수는 없었기 결국 정 회장을 찾을 수밖에 없었다.

한태명이 고개를 숙이는 것에 정 회장은 조금. 기분이 풀렸는지 다시 입을 열었다.

"이번이 마지막이라고 생각해. 그리고 종현을 추적하는 일은 어찌 되고 있냐?"

"화곡동을 근거로 삼아 주변에 있는 곳을 모두 뒤지고 있지만 아직도 놈을 찾지 못하고 있습니다. 하지만 놈이 화곡동에 나타난 것을 보면 분명히 다시 나타날 것으로 확신을 하고 있습니다. 조금만 더 기다려 주시면 좋은 소식을 전해 드리겠습니다. 회장님."

한태명은 종현을 잡지 못한 것이 모두 수하들의 잘못이라는 것을 알기에 정 회장이 아무리 화를 내도 참을 수밖에 없었다.

"놈을 찾으면 반드시 놈이 기거를 하는 곳을 찾아야 한다. 무슨 소리인지를 알겠냐?"

"예, 이번에는 절대 실수를 하지 않을 것입니다. 회장님."

"좋아, 이번에는 기대를 해 보지지만 그만 가도록 해라. 자금은 바로 보내 주도록 하마."

"감사합니다. 회장님."

한태명은 정 회장에게 감사의 인사를 하고는 바로 돌아가게 되었다.

하지만 한태명의 속은 정 회장의 생각과는 다른 생각을 하고 있었다.

'빌어먹을 자식이 감히 나에게 이런 대접을 한단 말이지. 종현을 잡으려는 이유가 분명히 보물 때문이라는 소리를 들었는데 만약에 내가 잡으면 절대 너 같은 놈에게 주지를 않을 것이다.'

한태명은 그렇게 생각을 하고는 돌아가고 있었다.

전국구 주먹으로 유명한 한태명이 이러고 있는 이유는 바로 처음에 한태명의 자식 때문이었다.

한태명의 자식은 불치병에 걸려 치료를 하려고 해도 돈이 없이 치료를 할 수가 없었다.

그런 한태명에게 자금을 지원해 준 것이 정 회장이었고, 그 후로 한태명은 정 회장의 일을 하면서 강남에 조직을 만들게 되었던 것이다.

물론 자금은 모두 정 회장이 대주었고 말이다.

정 회장은 한태명이 실력이 좋다는 것을 알고는 접근을 하였던 것이다.

그리고 한태명의 이름을 빌려 조직을 만들게 하였지만 사실상 조직은 정 회장이 만들은 조직이라고 해도 과언이 아니었다.

물론 조직에 직접적인 지시를 하는 것은 정 회장이 아니라 한태명이었지만 말이다.

정 회장이 그렇게 종현을 잡기 위해 움직이고 있을 때 정 회장에게 도움을 주고 있던 인물들의 조직에서도 드디어 명령이 내려왔다.

"무예를 익히고 있는 자라면 어디의 무예를 익혔는지를 확인하고 고대의 무예라면 반드시 회수를 하도록 하고 보물을 가지고 있다면 그것도 회수를 하도록 하라."

정 팀장은 상부의 지시에 바로 움직이기 시작했다.

자신이 해야 하는 일은 우선 그자가 누구인지를 먼저 확인하는 것이었다.

상대의 신분도 모르면서 움직일 수는 없었기 때문이다.

"정 회장의 옆에 있는 민제와 청운에게 연락을 하여 놈들의 정보를 먼저 알아보라고 해라. 놈들의 정보를 모으면 우리가 직접 움직인다."

"알겠습니다. 팀장님."

정 팀장이 이끌고 있는 3팀은 조직에서도 강자로 소문이 나 있는 팀이었기 때문에 이들은 이번에 새롭게 내려온 임무에 매우 만족하고 있었다.

우선은 상대가 무예를 익히고 있다는 사실이 이들에게 즐거움을 주고 있었기 때문이다.

이들이 있는 조직의 이름은 일반인들에게는 아직 알려지지는 않았지만 군부나 정보조직에서는 은밀히 전해지고 있었는데 바로 천무단이라고 알려져 있었다.

천무단은 일제의 시대에 고대 무예를 연구하던 인물들이 만들은 조직이었는데, 당시에는 고대 무예도 중요하지만 한국의 무예를 보존하기 위해 만들어진 조직이라고 보아야 했다.

그렇게 만들어진 천무단은 많은 시간 동안 정부의 일을 하기 시작하였고, 당금에는 정부의 정보부나 군부의 기무사에 많은 인원들이 진출을 하여 막강한 정보력을 가지고 있는 집단이 되어 있었다.

고대 무예를 연구하여 새롭게 이들만의 무예를 만들어서 익히게 했고 제법 근골이 좋은 고아들을 모아 무예를 전수하며 키워서 결국은 천무단에 속하게 만들었다.

그런 천무단이기 때문에 정보력에 있어서는 국내에서 가장 정확한 정보를 가지고 있다고 보아야 했다.

3팀은 그렇게 정 팀장의 지시대로 움직이기 시작했고 서서히 윤재와 종현이 있는 곳으로 정보를 모으고 있는 중이었다.

천무단이 가지고 있는 정보력은 상당하여 한국에서 아무리 숨으려고 해도 이들의 눈을 피할 방법은 없었다.

결국 윤재와 종현은 종적을 발견하게 되었다.

"팀장님, 종현이 있는 곳을 알아냈습니다."

"어디에 있던가?"

"부천에 빌라를 사서 살고 있었습니다."

"허어, 빌라를 사서 살고 있다는 말인가? 이거 우리가 너무 깊게 생각을 하고 있었던 것 같군그래."

정 팀장은 상대가 빌라에 살고 있는 것을 알게 되자 그냥 편하게 주민번호만 입력을 하였으면 바로 알아낼 수도 있었다는 사실에 어이가 없었다.

"그리고 종현과 함께 다니는 자에 대한 신상정보도 파악을 했습니다. 그자의 이름은 이윤재고 고아로 태어나서 지금까지 노가다를 하면서 살아왔다고 합니다. 그런데 그자는 무공을 익힌 지가 그리 오래되지는 않았다는 보고가 있습니다."

"응? 그게 무슨 소리인가? 얼마 되지 않았다니?"

"예, 저희가 파악을 하기로는 경주에 가서 무공을 익히기 시작했다고 파악이 되었습니다."

정 팀장은 수하의 보고를 들으며 더 황당한 표정을 지었다.

"자네 그게 말이 된다고 생각하는가? 일 년도 되지 않은 자가 경호원을 열 명이나 때려눕힌다는 말인가?"

"저희도 조사를 하면서 그 점이 이해가 가지 않아 조사를 하였지만 주변의 함께하였던 인물들의 말을 들으니 경주에서 체조를 하였다고 이야기만 들었습니다."

정 팀장은 수하의 보고에 나름 생각에 잠겨 들었다.

한참을 그렇게 생각을 하던 정 팀장이 무언가 결론을 내렸는지 고개를 들었다.

"내 생각에는 그자는 고대 무예를 익히고 있었던 것으로 보인다. 하지만 예전에는 홀로 익히고 있다가 어느 정도 경지에 도달하자 이제는 주변의 시선을 신경을 쓰지 않아도 된다는 판단을 하게 되었기에 그렇게 한 것이라고 판단이 드는데 어찌 생각하는가?"

"팀장님의 추리가 현 상황에서는 가장 타당성이 있는

것으로 보입니다."

"저도 그렇게 생각합니다. 그렇지 않으면 저희가 너무 억울하지 않습니까."

이들은 어린 시절부터 무공을 익히면서 보낸 세월을 생각하면 그렇게밖에 생각을 할 수가 없었지만 말이다.

그리고 무술이라는 것이 갑자기 강해지는 것이 아니라는 것을 이들은 누구보다도 잘 알고 있었다.

그러니 정 팀장이 하는 추리가 가장 마음에 와 닿았던 것이기도 하고 말이다.

"자, 그러면 이윤재가 보물을 어떻게 구하게 되었을까?"

"제 생각에는 이번에 경주에 가서 얻은 것으로 보입니다. 경주로 가기 전에 그자는 친구의 배신으로 집 안에서 술만 마셨다고 합니다. 그 친구의 이름은 김성우라는 자로 여자 때문에 배신을 하고 이윤재의 돈을 가지고 사라진 것입니다. 그러니 보물을 얻은 시기가 경주에서 얻었을 것으로 판단이 됩니다."

"흠, 그렇다면 도굴을 하였다는 말인가?"

"제가 보기에는 도굴을 할 정도는 아닌 것 같았습니다. 아마도 도굴이 아닌 자연적인 동굴을 발견을 했다든지 아

니면 땅이 무너지게 되어 발견했을 가능성이 가장 크다고
보입니다."

이들의 추리는 상황을 비교하면서 하고 있었기 때문에
가장 근접한 상황을 유추하고 있는 중이었다.

"자, 그럼 이제 정보는 대강 모았으니 지시를 내리도
록 하겠다. 상부에서는 그자가 가지고 있는 보물과 무공
을 가지고 오라는 지시를 내렸다. 우리는 이윤재를 먼저
제압을 해야 하니 부천으로 출발을 하도록 한다. 이윤재
도 무시를 할 수 있는 자가 아니기 때문에 이번 작전은
협공을 하는 것으로 한다. 절대 죽이지 말라는 것을 명심
하고 놈을 제압하는 것에 한다. 질문 있나?"

"없습니다. 팀장님."

"저도 없습니다. 팀장님."

"이하 동문입니다."

3팀은 모두 세 명의 팀원과 팀장이 있었다.

천무단은 한팀은 보통 다섯 명이 한팀이었는데 3팀은
네 명이 팀을 이루고 있었다.

그만큼 3팀이 강하다는 이야기였다.

이들은 그렇게 결정을 하고는 윤재를 잡기 위해 움직
이기 시작했다.

과연 이들과 윤재의 대결이 어찌 될지는 모르지만 서로가 무예를 익히고 있는 존재들이기 때문에 아직 결과는 아무도 모르는 일이었다.

7장
천무단 3팀과 대결을 하다

윤재는 천무단이 자신의 정체를 파악하고 오고 있다는 사실을 모르고 오늘도 현장으로 가기 위해 종현과 함께 움직이고 있었다.

　"사장님, 우리는 언제부터 일을 하게 되는 겁니까?"

　"다음 주면 아마도 일을 할 수가 있을 거다."

　"그러면 다음 주부터는 형님들과 함께 일을 시작하겠네요?"

　"두 분만 오는 것이 아니라 이번에는 새로운 사람들도 생기게 될 거다."

　윤재는 여섯의 인원이 더 느는 것을 생각하고 하는 말

이었다.

현장에는 많은 목수들이 필요하지만 열 명이면 충분하다고 생각하는 윤재였다.

사실 그 정도면 일을 하는 데는 문제가 없었기 때문이기도 했고 말이다.

윤재와 종현은 그렇게 말을 하면서 현장으로 가게 되었다.

현장에 도착을 하니 최 사장이 가장 먼저 나와 있었다.

"오늘도 최 사장님이 가장 먼저 나오셨네요."

윤재는 최 사장을 보자 아주 반갑게 인사를 하였다.

"하하하, 나도 그렇지만 이 사장도 빨리 나오지 않소."

이제 땅을 파기 시작하고 있는데 사실 윤재는 나오지 않아도 되었지만 그래도 무언가를 배우려는 생각에 매일 출근을 하고 있었다.

윤재와 종현은 아침에 현장에 나와서 식사를 하고 있었다.

이는 최 사장도 함께하는 식사였다.

대부분이 아침에 식사를 하지 않고 현장으로 오기 때문에 일을 하기 전에 밥부터 먹고 일을 시작하고 있었다.

아침을 맛나게 먹은 윤재는 갑자기 얼굴이 굳어지기

시작했다.

누군가 자신에게 기를 보내고 있었기 때문이다.

아직 자신의 기에는 부족하지만 그래도 상당한 기를 가지고 있는 자라는 생각에 윤재는 자리를 피해야겠다고 마음을 먹게 되었다.

"최 사장님, 제가 오늘은 일이 조금 있으니 여기 있는 종현을 데리고 있으세요. 종현은 최 사장님께 일에 대한 것을 배우고 있어라. 금방 다녀오도록 하마."

"예, 사장님."

종현은 윤재가 아침부터 어디를 간다고 하는지 의문이 생길만도 했지만 그런 질문을 하지 않고 있었다.

최 사장은 그런 종현과 윤재의 사이를 보며 솔직히 이해가 가지 않았다.

눈으로 보기에도 종현이 나이가 많아 보이는데 윤재는 반말을 하고 있었고 종현은 존대를 하고 있었기 때문이다.

윤재는 두 사람의 의문은 생각지도 않고 바로 자리를 옮기게 되었다.

윤재가 간 곳은 작은 산이 있는 곳으로 아침부터 산을 타는 사람은 없어 싸우기 위한 장소로는 아주 좋은 곳이었다.

"나와라!"

윤재는 자신에게 기를 보내는 인물이 자신을 따라 이곳으로 왔다는 것을 알기에 하는 소리였다.

윤재의 고함에 나무의 뒤에서 나오는 인물이 있었다.

"놀랍군. 기를 느끼는 사람이 우리들 말고 또 있다는 사실이 말이야."

윤재의 앞에 나타난 인물은 바로 3팀장인 정재민이었다.

"당신은 누구지?"

윤재는 상대가 이미 자신에게 적의를 가지고 있다고 판단을 하였기에 존대를 해줄 필요성을 느끼지 못하고 있었다.

그리고 윤재도 솔직히 상대가 기를 느끼고 있다는 것에 조금은 놀라고 있었다.

"허허허, 나를 적으로 인식을 한 것인가? 하기는 자네의 것을 빼앗으려고 하는 사람이니 당연히 적의를 느끼는 것이겠지만 말이야."

정재민은 윤재를 보며 아주 느긋하게 대화를 하고 있었다.

이는 주변에 팀원들이 도착을 했기 때문이었다.

윤재는 이들이 도착을 한 사실을 이미 알고 있었기에 눈앞에 있는 남자가 조금은 여유를 부린다고 생각했다.

"방금 전에 한 이야기가 무슨 뜻이지?"

윤재의 질문에 정재민은 차분하게 이야기를 해주었다.

"자네가 가지고 있는 보물과 무예에 대해 알고 싶어서 오게 되었네. 어디서 무예를 배웠는가?"

윤재는 상대도 무예를 익히고 있다는 것을 간파하고 있었다.

하기는 기를 느끼고 있다는 것은 이미 몸에 무예를 익히고 있다고 보아야겠지만 말이다.

"왜 내가 익히고 있는 무예에 대해서 관심을 가지는 거지?"

윤재는 끝까지 상대를 존중해 주지 않았다.

하지만 정재민은 다른 것에는 대답을 해주지 않다가 무예에 대해서는 이야기를 해주고 있었다.

"우리나라는 일제시대에 전통 무예가 모두 사장이 될 위험에 처해졌었네. 그때 우리 전통 무예를 이어가기 위해 만들어진 단체가 바로 천무단이라는 단체였지. 지금까지 천무단이 이어지고 있지만 지금은 고대의 무예는 거의 사라지고 우리 천무단의 무예만 남아 있다고 해도 과언이 아닐 걸세. 그런 와중에 갑자기 무예를 익히고 있는 자가 나타나게 된 거지. 그러니 천무단에서는 당연히 조사를 하게 되었고 말이야. 무슨 소리인지를 이해가 가나?"

사실 정재민이 이런 이야기를 해주는 이유는 윤재를 천무단에 속하게 하거나 아니면 죽이기 위해서였다.

천무단에 속하게 되면 자신이 익히고 있는 무예를 모두에게 공개를 해야 하기 때문이었다.

윤재가 익히고 있는 무예가 어떤 것인지는 모르지만 그렇게만 된다면 윤재와 싸울 이유가 없었기 때문이다.

"그러니까. 지금 나를 찾은 것은 천무단이라는 조직이고 그들은 나의 무예를 탐내고 있다는 이야기네. 그럼 당신은 어느 정도의 위치에 있지?"

"나는 천무단의 속해 있는 무력 단체의 삼조를 이끄는 팀장으로 있네."

윤재는 상대가 겨우 팀장이라는 소리에 조금은 놀라고 있었다.

눈앞에 있는 상대는 솔직히 자신과 대결을 하면 바로 박살을 내줄 수가 있었다.

다만 남아 있는 이들이 과연 그런 시간을 윤재에게 줄

것인지가 관건이기는 했지만 말이다.

하지만 윤재는 남아 있는 세 명이 합세를 해도 자신이 충분히 승리를 할 수 있을 것이라는 자신감이 차 있었다.

전 같았으면 고민을 하였겠지만 지금은 팔찌로 인해 자신도 엄청난 기를 가지게 되었기 때문이다.

"보물에 대해서는 어떻게 알았소?"

윤재는 아직 이들에게 들을 정보가 있었기 때문에 기본적인 예의를 차려 주기로 했다.

"우리가 모른 정보는 국내에는 없다는 것만 알고 있으면 되네."

결국 천무단이라는 조직은 정보망을 가지고 있다는 이야기였다.

그리고 국내에 없다는 이야기는 이들이 정부의 일도 하고 있다고 판단이 들었다.

'정보 쪽이라면 국정원이겠지. 이거 조금 곤란하게 될 수도 있겠는데?'

윤재는 이들을 죽이면 사건이 골치가 아프게 된다는 생각이 들었다.

"그러면 나에게 더 이상 보물이 없다는 사실도 알고 온 것이 아니오?"

"우리가 필요한 것은 보물이 아니라 자네가 익히고 있는 무공이라네."

"무공이라…… 결국은 피할 수 없게 만드는군요."

일인전승이 아직까지 남아 있는 한국에서 무공을 달라는 이야기는 결국 전투를 하자는 말이었다.

그리고 천무단에 속해 있다는 이들을 보니 지금 이들을 이겨도 다른 놈들이 또 오게 될 것이라는 생각이 들었다.

그렇다고 자신이 알고 있는 무공을 이들에게 주고 싶지는 않은 윤재였다.

"자, 시작합시다. 저기 뒤에 숨어 있는 세 분도 합세를 할 것이 아니오?"

윤재는 숨어 있는 세 명의 조원을 불렀다.

윤재가 숨어 있는 조원들을 부르는 소리에 정재민은 솔직히 속으로 놀라고 있었다.

자신의 조원들이 얼마나 강한지를 정재민은 알고 있었기 때문에 가지는 생각이었다.

그런 조원들이 숨어 있는 것을 파악하고 있다는 것은 상대의 실력이 생각 밖으로 강하다는 것을 의미하기 때문이었다.

"모두 나와라. 우리의 실력을 보고 싶다고 하지 않나."

정재민의 말에 조원들이 서서히 나오고 있었다.

세 명의 조원의 눈빛에는 나 지금 놀라고 있는 것이라고 광고를 하고 있는 중이었다.

윤재는 이들을 보며 천무단이 얼마나 대단한지를 실험해 보고 싶었다.

지금 이들을 움직이면서도 자신의 행동에 제약을 걸기 위해 포위를 하고 있었기 때문이다.

윤재는 그런 천무단원들을 보며 이들이 익히고 있는 무예와 자신이 알고 있는 무예를 비교하고 싶었다.

자신이 비록 꿈에서 배운 것들이기는 하지만 그래도 익히면서 부족하지 않았던 것들이라 이들과 비교를 하고 싶었던 것이다.

정재민은 윤재의 눈에서 호승심을 읽을 수가 있었다.

이는 무예를 익히고 있는 자라면 누구나 그런 경험을 하기 때문에 바로 알 수가 있었다.

"허어, 우리에게 호승심을 느끼고 있는 건가? 대단하다는 말밖에 할 말이 없군그래."

정재민은 그렇게 말을 하고는 팀원들을 보았다.

준비가 되었는지를 묻는 것이었다.

팀원들은 그런 팀장의 눈빛을 보고는 고개를 끄덕였다.

윤재는 이들이 준비를 마쳤다는 것을 알게 되자 조용히 입을 열었다.

"자, 시작하지. 시간도 없는데 말이야."

윤재의 말에 정재민과 팀원들의 얼굴에는 아주 불쾌하다는 표정을 지었다.

아직 나이도 어린놈이 무예를 익혔다고 자신들을 보고 어른 행세를 하려고 하는 것처럼 보였기 때문이다.

"모두 공격준비를 하라."

정재민의 지시가 떨어지자 팀원들의 눈빛이 변하기 시작했다.

아까와는 완전히 다른 분위가 되어 가고 있었다.

윤재의 몸에서는 이들에게 대항을 하기 위해 강렬한 기를 뿜고 있었다.

정재민은 그런 윤재를 보며 정말 신기한 놈이라는 생각을 하게 되었다.

천무단의 3팀은 공격명령이 떨어지자 바로 움직이기 시작했다.

이들은 각개 공격이 아닌 연합적으로 공격을 하는 방식으로 윤재를 공격하려고 하고 있었다.

윤재는 이들을 보며 자신이 오늘 최대로 기를 운영해야 한다는 생각을 하게 되었다.

개인 간의 대결은 백번 해도 자신의 승리였지만 단체는 조금 달랐기 때문이었다.

그리고 가장 중요한 것이 남아 있었는데 아직까지 윤재는 한 번도 무인들과 대결을 하지 않았다는 것이 가장 중요한 문제였다.

바로 실전을 치른 경험이 있는 자와 그렇지 않는 사람과는 차이점은 상당하기 때문이었다.

꽝꽝!

"으읔!"

윤재는 아직 정재민이 합류를 하지 않은 상태에서도 지금 고전을 하고 있었기 때문이다.

충분히 이길 수가 있다고 판단을 하였던 생각이 조금 전까지 하고 있었지만, 지금은 그런 생각은 어디로 날아가 버렸는지 상대의 움직임을 파악하는 것도 힘이 들고 있었다.

'도대체 이들과 나는 어떤 차이점이 있는 거지? 왜 내가 이렇게 밀리고 있는 거지?'

윤재는 지금 하고 있는 대결에서 자신이 밀리고 있는

이유에 대해서 아직 정확하게 파악을 하지 못하고 있었다.

"그대가 강하다는 것은 인정을 하지만 결국 우리의 손이 죽을 것 같구나."

천무단의 3팀원은 상대가 비록 강하기는 하지만 자신들이 합공을 하면 충분히 승리를 할 수 있다는 자신감을 가지고 있었다.

윤재는 이제 본격적으로 시작을 하려고 한다는 생각을 하게 되었다.

그러다가 윤재가 아직까지 생각지 못했던 것들을 느끼게 되었는데 지금까지 자신이 밀리고 있는 이유에 대해서 알게 되었다는 것이다.

'결국 나는 이들과 한 번도 대결을 하지 못했기 때문에 아직 경험이 없어 밀리고 있었던 것이구나. 무인과는 아직까지 대결을 해 본 경험이 없으니 당황하게 되었고 말이다.'

윤재는 상황을 깨닫게 되자 갑자기 달라지기 시작했다.

그리고 그동안 실력이 없어 당한 것이 아니라 자신의 무술을 조금 더 가다듬기 위해 당해 주었다는 인식을 심어 주고 있었다.

꽝꽝꽝!

"크윽!"

이번에는 천무단의 3팀원인 한성철이 신음을 흘렸다.

처음과는 다르게 이제는 서서히 자신들이 밀리기 시작했기 때문이었다.

자신들이라면 충분히 이길 수가 있다고 생각했는데 갑자기 윤재가 달라지기 시작하면서 자신들에게 맹공격을 하고 있는 바람에 이렇게 밀리기 시작한 것이다.

"이익! 이런 일은 우리 3팀에 도저히 일어날 수가 없는 일이다. 더욱 힘을 내라."

3팀의 팀원들은 아까와는 다르게 더욱 분발을 하게 되었다.

정재민은 그런 팀원들을 보며 입가에 미소를 지었다.

이들이 강하다는 것은 알지만 이렇게 목숨을 걸고 하는 실전이 이들에게 더욱 많은 도움을 주게 된다고 판단하여 아직까지 합류를 하지 않고 있었던 것이다.

그리고 정재민은 자신의 팀원들이라면 충분히 윤재를 이길 것이라는 생각을 하고 있었다.

3팀원들이 강한 기를 이용하여 윤재를 압박하려고 하였지만 윤재는 이제 이들이 사용하는 합격에 대하여 많은 부분을 파악하고 있어서인지 더 이상은 이들의 공격이 윤재에게는 통하지 않았다.

윤재는 이들의 공격을 가볍게 흘리는 것으로 처리를 하면서 이들이 사용하고 있는 무공에 대해 관찰을 하기 시작했다.

아직 천무단에 남아 있는 무인들이 많다는 것을 알기에 이들이 사용하는 무공에 대한 연구가 필요하다고 생각이 들어서였다.

윤재가 천재적인 두뇌로 이들과 싸우면서 무공을 연구하고 있다는 사실은 아직 아무도 모르고 있었다.

그만큼 윤재는 상대가 그런 상황을 짐작하지 못하게 아주 은밀히 관찰을 하고 있기도 했다.

하지만 시간이 지나면서 윤재가 이들의 사용하는 무공에 대해 파악을 하기 시작하자 팀원들의 공격은 더 이상 윤재를 괴롭히지 못하고 있었다.

윤재는 실전을 경험하면서 그동안 자신이 얼마나 무모하게 내기를 운영하고 있었는지도 알게 되었다.

내기를 후려칠 때는 강하게 운기를 하고 평소에는 적절하게 운기를 하는 방식을 이번에 이들과 대결을 하면서 배우게 되었기 때문이다.

'아, 나는 그동안 그저 단순하게 힘만 강한 그런 존재였구나. 이렇게 미련하게 움직이고 있었다니. 그러니 당해도 싸지.'

윤재는 속으로 그동안 자신이 얼마나 미련하게 내기를 사용하고 있었는지를 이번에 확실하게 깨닫게 되었다.

천무단에 속해 있는 무인들은 처음부터 이런 단점들에 대해서 배우고 있었고, 많은 실전을 경험하면서 몸에 완전히 익숙하게 되었지만 윤재는 그렇지가 않았다.

윤재가 실전이라고 하는 것은 겨우 건달들과 싸운 것이 다였기 때문이다.

오늘 삼조와 싸우면서 윤재는 무공에 새로운 길을 열고 있는 중이었다.

정재민은 시간이 지나면서 점점 자신의 팀원들이 힘들어지고 있는 것을 보고는 더 이상 이대로 방치를 했다가는 팀원들이 낭패를 당할 수도 있다는 생각에 바로 합류를 하게 되었다.

"나도 합류를 할 것이니 모두 힘을 내도록 하자."

정재민의 말에 팀원들의 얼굴에는 갑자기 화색이 돌기 시작했다.

3팀원들이 사용하고 있는 합격진은 바로 네 명이 되어

야 최강의 힘을 보여 줄 수가 있었기 때문이다.

윤재는 정재민이 합류를 한다고 했을 때 이들의 얼굴이 변하는 것을 보고 자신이 너무 안일하게 대처를 했다는 것을 깨달았지만 이미 늦었다.

윤재는 정재민이 합류를 하자 다시 전과 같이 고전을 하기 시작했다.

쉬이익!

정재민의 공격이 윤재의 어깨를 스쳐 갔지만 그 여파는 어깨의 일부분이 강한 통증을 수반하고 있었다.

윤재는 정재민이 이들 중에 가장 강하다는 것을 알게되었지만 아직도 이들이 사용하고 있는 합격진에 대한 대응은 늦고 있었기에 조금씩 부상을 입고 있었다.

윤재는 자신이 부상을 입는 것에 속에서 화가 났다.

윤재가 진심으로 화가 나기 시작하자 그의 눈에서는 푸르른 빛이 나기 시작했고, 윤재의 눈에는 이들의 합격진에 대한 분석이 절로 되기 시작했다.

윤재는 무슨 일인지는 모르지만 우선 이들이 사용하고 있는 합격진에 대한 분석을 볼 수가 있었고 그 내용을 알게 되자 서서히 이들이 사용하는 합격진에 적응을 하기 시작했다.

정재민은 윤재가 약간의 시간이 지나자 자신들의 합격진을 상대하고 있다는 것을 알게 되어 상당히 놀라고 있었다.

'아니, 어떻게 우리의 합격진을 상대로 저렇게 할 수가 있는 거지?'

정재민은 놀라움은 이제 시작이라는 것을 모르고 있었다.

윤재의 눈에 빛나고 있는 푸르름은 상대의 눈에는 보이지 않고 오로지 윤재의 눈에만 보이게 하는 작용이 있었다.

이는 푸르름이 빛나는 순간에는 상대의 본질을 파악하게 해주는 기능이 있었기 때문이다.

물론 다른 것도 있었지만 지금은 윤재에게 적들의 합격진에 대한 모든 것을 알려 주고 있어 윤재가 적절하게 대응을 하게 해주고 있다는 이야기였다.

윤재는 이제 적들에게 자신이 당한 것을 돌려줘야겠다는 생각을 하게 되었다.

"이제 기대를 해도 좋을 것이다. 내가 당한 만큼 너희들도 느껴 보기 바란다."

윤재는 그렇게 말을 하고는 갑자기 강력한 기를 움직

이기 시작했다.

우르르릉.

윤재가 강한 기를 움직이기 시작하자 주변의 공기가 파동을 치기 시작했고, 그런 움직임은 바로 3팀원들과 정재민을 긴장하게 만들고 있었다.

윤재는 강한 기를 움직여 놈들에게 제대로 한 방을 선물해 주고 싶었다.

자신이 익히고 있는 체조는 분명히 무공이었지만, 아직도 윤재가 깨닫지 못하고 있는 부분이 있을 정도로 많은 것을 압축하고 있는 아주 대단한 무공이었다.

윤재는 눈에 푸르름이 생기면서 자신의 무공에 대해서도 어느 정도는 파악을 하게 되었기에 이런 공격을 할 수가 있었다.

윤재의 주변이 갑자기 회오리를 치는 것처럼 강하게 회정을 하기 시작했고, 그 여파는 천무단의 3팀원과 정재민에게도 주고 있었기 때문이다.

"간다!"

윤재는 자신이 할 수 있는 최고의 공격을 지금 시전하고 있었다.

분명히 전과 같은 동작이기는 하지만 무언가 다른 느

낌을 주는 그런 동작이었다.

회오리를 치는 기운들은 윤재의 지시에 따라 3팀원들을 모두 공격을 하기 시작했다.

�꽝꽝꽝!

"크으윽!"

"아아악!"

"크윽! 어떻게 이런 위력을 낼 수가 있단 말인가?"

정재민과 3팀원들은 모두 그 자리에서 쓰러지고 말았다.

이는 내공의 양이 차이가 있었기 때문에 이들이 감당하기에는 윤재의 내기가 너무 많았기 때문이다.

그리고 내기가 회전을 하면서 주변에 있는 다른 기운들까지 합세를 하였기 때문에 그냥 하는 공격보다는 두 배는 강했기 때문이었다.

3팀원들은 입가에 피를 토하며 쓰러졌고 정재민은 피를 흘리기는 하지만 아직 정신을 차리고 있었다.

윤재도 이번 공격은 눈가에 푸르름 때문에 배운 방식이었다.

윤재는 거울의 글자들이 눈으로 들어간 것이 바로 저것이라는 것을 알 수가 있었다.

'나에게는 정말 광세기연이 절로 찾아오게 되었던 것이구나.'

윤재는 적을 쓰러뜨렸다는 것보다는 새로운 것을 알게 되었다는 것이 더 자신을 놀라게 하였기 때문이다.

어느 정도 정신을 차리자 윤재는 쓰러진 3팀원들을 보게 되었다.

"당신은 아직 정신을 차리고 있는 모양이오?"

"그대는 누구인가? 어떻게 그렇게 강해질 수가 있는 거지?"

"내가 누구인지는 당신들이 더 잘 알지를 않소? 그보다 이제 그대들은 더 이상 무공을 사용하지 못하는 몸이 될 것이니 걱정이 되지 않소?"

윤재는 이들의 무공을 모두 폐지를 할 생각을 하고 있었다.

이런 자들이 많다는 것이 도움이 될 수도 있지만 자신을 목숨을 노리고 있는 상황에서 이자들에게 온정을 베풀고 싶지는 않았기 때문이다.

정재민은 윤재의 말을 듣고는 기겁을 하고 있었다.

"차라리 그냥 죽여라. 무인이 무공이 없으면 어찌 살아갈 수가 있느냐?"

정재민은 무공을 잃을 바에야 그냥 죽는 것이 낫다는 생각을 하고 있었다.

평생을 자신들은 무공에 비쳐 살아왔기 때문이다.

하지만 윤재는 그런 정재민의 말을 그대로 따라 줄 생각은 처음부터 없었기에 천천히 3팀원들이 쓰러져 있는 곳으로 다가갔다.

정재민은 몸을 움직일 수가 없다는 것이 이토록 원망스러울 수가 없었다.

윤재는 3팀원들에게 다가가 그들의 몸에 있는 단전을 바로 부숴 버렸다.

쩡!

"크아악!"

단전이 깨지는 소리에 팀원은 크게 비명을 지르며 정신을 차리고 있었다.

윤재는 그런 것에는 신경도 쓰지 않고 다른 팀원들의 단전을 모두 부숴 버렸다.

마지막으로 정재민이 있는 곳으로 다가가는 윤재를 보고 정재민은 악을 쓰고 있었다.

"감히 나에게 그런 짓을 하고도 살아남을 수가 있다고 생각하느냐?"

윤재는 정재민이 아무리 떠들어도 다가갔고 결국 정재민의 단전을 간단하게 부숴 버렸다.

쩡!

"크으윽!"

정재민은 아직 정신을 차리고 있는 바람에 단전이 깨지는 고통을 그대로 느낄 수밖에 없었다.

정재민은 입술을 깨물고 있었지만 그 입을 통해 핏물이 흘러나오고 있었다.

하지만 정재민에게는 핏물이 중요한 것이 아니었다.

자신의 단전이 깨져 이제는 더 이상 무공을 사용하지 못하게 되었다는 것이 마음을 괴롭히고 있었다.

"으으으, 이 악마 같은 놈. 내가 죽어도 네놈만은 절대 용서를 하지 않을 것이다."

정재민이 윤재를 보며 그렇게 원망을 하고 있었지만 윤재는 그런 정재민을 보며 담담하게 대답을 해주었다.

"너희들은 나를 죽이기 위해 이곳에 온 것인데 내가 왜 너희들을 살려 주어야 한다고 생각하느냐? 단전이 깨져서 무공을 익히지 못하게 되니 마음이 아픈 것이냐? 너희는 자신들이 당하지 않았기에 타인의 아픔을 이해를 하지 못하고 있었다. 나는 그런 너희들의 죄를 스스로 느끼게 해주기 위해 그렇게 한 것이다."

윤재의 말에 정재민은 그동안 자신이 한 행동은 생각지 못하고 고함만 치고 있었다.

"나는 아직까지 정당하지 않은 일을 하지를 않았는데 무슨 벌을 받는다는 말이냐? 이 개자식아."

정재민은 무공이 살아지자 아예 정신을 놓고 있는 것 같았다.

윤재는 저런 인물이 아까와 같이 태연하게 말을 하고 있었다는 것이 이해가 가지 않았다.

윤재는 천무단의 팀원들이 어찌 되던지 자신과는 상관이 없는 사람처럼 행동을 하며 조용히 돌아서고 있었다.

"천무단의 다른 인물들이 나를 노리고 또다시 오면 그때는 천무단이라는 조직을 아예 모조리 사라지게 만들어 주도록 하지."

윤재는 그렇게 말을 해주고는 사라지고 있었다.

윤재가 사라지자 정재민과 팀원들은 그런 윤재가 사라진 쪽을 향해 고함을 지르고만 있었다.

"야, 이 개자식아. 돌아오란 말이야."

윤재는 저들이 고함을 쳐도 지금 자신에게는 더 중요한 문제가 남아 있었다.

지금 자신이 느끼고 있는 것들을 정리할 시간이 필요했기 때문이다.

윤재는 황급히 자리를 떠나 혼자만의 공간을 찾고 있었다.

그렇게 자리를 떠난 윤재는 혼자 조용히 운기를 하면서 아까의 느낌을 기억하기 시작하고 있었다.

윤재가 그러고 있을 때 정재민은 정신을 차렸는지 눈동자가 정상적으로 돌아오고 있었다.

그리고는 팀원들을 보게 되었다.

이제 저들과 자신은 일반인보다도 못한 인생을 살아가야 하기 때문이었다.

조직에서는 무공을 잃은 무인들에게 얼마간의 지원을 해주기는 하지만 그들은 거의 폐인이 되어 살아가는 것을 자신들은 두 눈으로 확인을 하고 살아왔다.

당시에는 그들을 비웃고 있었지만 지금 자신이 그런 사정이 되고 보니 정말 얼마나 한심하게 살아왔는지를 알게 되었다.

윤재가 한 이야기를 아까는 이해를 하지 못했는데 이제는 어느 정도 이해가 가고 있는 것에 정재민은 속으로 당황하고 있었다.

'어떻게 그놈이 한 이야기가 이해가 간다는 말이냐? 내가 그동안 나에게 당한 사람들에게 죄책감을 가지고 있었다는 말인가?'

정재민은 그렇게 생각을 하면서 자신이 해온 일들을 생각하게 되었다.

그때, 가장 먼저 정신을 차린 팀원이 입을 열었다.

"팀장님, 우리는 이제 어떻게 되는 건가요?"

팀원은 김재호로 무공이 광적인 집착을 하였던 놈이었다.

그런 놈이 무공이 사라졌으니 그 심정이 어떨지는 말을 하지 않아도 느낄 수가 있었다.

"우선은 다른 동료들이 깨어나기를 기다린다."

정재민의 말에 재호는 고개를 끄덕이고 있었다.

하지만 아직은 정신이 정상이 아닌지 눈동자가 흐리멍덩하게 변해 있었다.

정재민은 품에서 핸드폰을 꺼내 가장 먼저 조직에 전화를 했다.

"3팀의 팀장 정재민입니다. 이번 임무를 실패를 하였음을 보고드립니다. 그리고 저와 팀원들을 모두 무공을 잃었습니다. 이에 대한 신속한 조치를 취해 주시기 바랍니다."

정재민은 힘없는 목소리로 상부에 보고를 하고는 핸드
폰을 떨어뜨렸다.

이제 자신들은 조직에 아무런 도움이 되지 않는 그런
존재들로 남게 될 것이고 조직은 그런 자신들을 버리게
될 것이다.

정재민도 그런 상황을 많이 보았기 때문에 조직에서는
인간적인 부분보다는 무공에 더 신경을 쓰고 있다는 사실
을 알게 되었다.

하지만 정재민은 야망을 가지고 있었기 때문에 자신은
절대 저런 일을 당하지 않을 것이라고 생각했는데 결국
자신도 그런 일을 당하고 나니 허탈하기만 했다.

한편 정재민의 보고를 받은 천무단의 상부 조직은 지
금 상당한 혼란을 겪고 있었다.

"아니, 3팀이라면 다른 팀에서 탐을 낼 정도로 강자들
이 있다는 곳이 아니요? 그런 팀이 가서 모조리 무공을
폐지 당했다는 말이오?"

"그렇게 보고가 되었습니다. 아직 정재민을 만나지 못
했지만 아마도 3팀이 합격을 하고도 당했을 확률이 가장

높습니다."

3팀의 전략은 바로 합격진에 있었기 때문이다.

"그래서 계획은 어찌 되는 것이오?"

"아직 다른 계획은 없었지만 최대한 빠르게 준비를 하여 보고를 드리도록 하겠습니다."

"아직 상대에 대한 판단은 유보가 되고 있는 거요?"

"정확하게는 어떤 무예를 사용하고 있는지를 파악하지 못하고 있다는 말이 정확할 것 같습니다."

정재민이 전화를 하기는 했지만 무공을 잃은 심정을 이해하기 때문에 당장 정재민을 찾아가는 것은 그리 좋은 일이 아니었다.

정재민도 결국 조직에서 퇴출을 당한다는 사실을 알고 있기 때문에 협조를 하지 않을 수도 있었기 때문이다.

"음, 우선은 정 팀장을 먼저 만나 보도록 하시오. 가장 확실한 것은 정 팀장의 말이 아니겠소. 그에게 부담이 되는 일이기는 하겠지만 당장 우리에게는 그의 말이 중요하니 어쩌겠소."

천무단에서 윤재에 대해 이렇게 신경을 쓰는 이유는 바로 윤재가 사용하고 있는 무공 때문이었다.

자신들이 지금까지 합격진을 사용하고 있었지만 합격

진을 깨는 무공은 없다고 생각하고 있었다. 그런데 그 합격진이 깨지고 만 것이기 때문이다.

그것도 팀들 중에서 최강이라고 소문이 나 있는 3팀이 말이다.

보물에 대해서는 중요한 것이 아니었지만 무공을 달랐다.

무공은 이들이 조직을 이끌고 있는 근간이었기 때문에 무슨 일이 있어도 회수를 해야 했던 것이다.

한국에서는 자신들보다 강한 존재들이 있어서는 안 되기 때문이었다.

그래야 조직이 살아남을 수가 있었고 말이다.

무인이 아니고 이제는 이들은 완전한 정치인이 되어 있었기 때문에 벌어지는 일이었다.

물론 개중에는 완전히 순수한 무인들도 제법 있기는 했지만 그런 자는 조직의 상부에서 이용만 하다가 결국은 버리는 카드로 사용을 하게 되었다.

천무단에 속해 있는 무인들은 대부분이 그런 사실을 알고 있지만 말을 하지 않을 뿐이었다.

불만이 없는 조직은 없을 것이다.

하지만 조직은 자신들에게 인생을 새롭게 살게 해주었

기 때문에 이들에게는 거의 집과 같은 곳이기도 했기에 말을 하지 않고 있을 뿐이었다.

물론 개중에는 반발을 하는 인물이 있기도 했지만 그런 이는 조직을 위해 제거가 되는 일순위의 존재가 되어 사라지게 되었다.

천무단의 내부 사정을 알고 있는 이들은 그런 냉정한 조직의 생활에 솔직히 염증을 느끼고 있는 이도 있었지만 떠나지는 않고 있었다.

그 이유는 이들이 천무단을 떠나도 결국 조직의 정보망에 걸리기 때문이다.

윤재는 지금 자신이 얻은 깨달음을 수습을 하기 위해 최선의 노력을 하고 있었다.

하지만 깨달음이라는 것이 윤재가 원한다고 그대로 남아 있는 것이 아니었기에 이렇게 힘들게 싸움을 하고 있는 중이었다.

윤재는 지금 깨달음도 중요하지만 가장 중요한 실전을 경험하면서 천무단이 가지고 있는 합격진에 대하여 많은 것을 알게 되었고 이제는 천무단의 누가 와도 절대 지지 않을 자신을 가지게 되었다.

무인이라면 은밀히 암살을 할 수도 있지만 윤재에게 암살을 하기는 어려운 일이었다.

윤재는 천무단에 있는 무인들보다 더 많은 기를 가지고 있었고 그 기를 더 잘 다루고 있었기 때문이다.

윤재는 작은 깨달음이지만 상당 부분 수습을 하게 되어 입가에 아주 환한 미소를 지을 수가 있었다.

"흠, 종현이 기다리고 있을 텐데 빨리 가야겠군그래."

윤재는 그렇게 생각을 하고는 종현과 최 사장이 있는 현장으로 빠르게 움직였다.

윤재가 다시 현장이 도착을 하니 아직도 현장은 분주하게 일을 하고 있었다.

세상은 자신이 없다고 해서 돌아가지 않는다는 것을 윤재는 이번에 확실히 깨달았다.

모든 일에는 그에 맞는 사람이 필요하다는 것을 말이다.

윤재는 작은 것을 얻었지만 앞으로 이로 인해 윤재가 얻는 이득은 천문학적인 이득을 얻게 된다는 사실을 지금은 모르고 있었다.

8장
다시 평온한 일상으로

윤재는 현장의 공사가 어느 정도 진행이 되자 바로 목수들에게 연락을 하였다.

"아저씨, 내일부터 나오시면 되겠네요."

"그러냐? 알았다. 그러면 전에 이야기를 하였던 목수들도 함께 가면 되는 거냐?"

"예, 그렇게 하세요. 아저씨."

윤재는 종혁과 통화를 하면서 상황을 아주 자세히 설명해 주었다.

그리고 다음 통화는 바로 성재였다.

윤재가 모든 전화를 하고 나서는 종현을 불렀다.

"종현아, 이리로 와라."

"예, 사장님."

"이제부터 현장에 대해서 많은 것을 배워야 한다. 내가 일이 있어 현장에 없으면 모든 현장의 책임은 앞으로 네가 지도록 해라. 다른 사람들에게도 그렇게 말을 할 것이니 알겠냐?"

윤재가 종현을 보고 그런 말을 하는 이유는 앞으로 천무단인가 하는 조직과 싸움을 하려면 자신이 현장이 나오지 못하는 경우가 자주 생길 것 같아서 하는 말이었다.

윤재의 생각으로는 천무단의 조직은 절대 자신을 그냥 두지를 않을 것이라는 생각을 하게 만들었다.

물론 무력으로 상대를 하는 것이라면 언제든지 상대를 해줄 수가 있지만 그렇지 않은 경우도 발생할 수가 있으니 미리 대비를 해 두려고 한 것이다.

"저기, 사장님. 제가 어떻게 현장을 책임질 수가 있겠습니까? 그리고 제가 책임자가 되면 다른 분들이 반발을 할 수도 있습니다."

"너는 그런 것에 신경을 쓰지 말고 내가 하라고 하는 것만 하면 된다."

윤재는 종현을 보며 인상을 쓰며 말을 하였고 종현은

윤재가 인상을 쓰자 대번에 말이 바뀌고 있었다.

"알겠습니다. 사장님이 시키는 일이니 그렇게 하겠습니다."

"내가 앞으로는 일이 많아지기 때문에 현장에만 신경을 쓰지 못하니 그렇게 알고 처신을 잘해라."

윤재는 종현에게 현장을 맡으라고 하는 이유는 일을 하고 있는 사람들 중에 가장 믿을 수 있는 놈이라는 생각에서였다.

물론 종혁과 성재도 믿지 못하는 것은 아니었지만 지난번에 일당 문제 때문에 기분이 좋지 않았기 때문에 그 후로는 배제를 하기로 했던 것이다.

그리고 지금은 종현이 자신 때문에 죽어 지내고 있지만 종현도 한때는 잘나가던 조직의 이인자였다는 것을 알기에 하라고 한 것이기도 했다.

"사장님의 말씀대로 하겠습니다."

"그래, 그렇게 하면 되는 거야. 일을 하고 계시는 분들이 나이가 있으니 대접을 해주면서 일에는 능률이 생기도록 하는 것이 너의 일이다. 알겠지?"

"예, 알겠습니다. 사장님."

종현은 지금 윤재가 자신을 키워 주기 위해 이런다고

오해를 하고 있었다.

윤재가 천무단과 싸움 때문에 시간이 없다는 사실을 모르고 있으니 생기는 오해였지만 말이다.

윤재는 종현에게 그렇게 지시를 하고는 바로 자신도 천무단과 싸움을 하기 위해 준비를 하기 시작했다.

아무리 윤재가 강하다고 해도 천무단은 조직이었고, 한국에서 막강한 권력을 쥐고 있었기 때문에 그냥 있으면 당할 수가 있었다.

결국 윤재에게도 아군이 필요했고 윤재는 그런 아군을 구하기 위해 나름 정보가 필요했다.

그래서 정보를 많이 가지고 있는 천무단의 간부들 중에 한 명을 정신제압으로 제압을 할 생각을 하고 있었다.

그렇게 해야 천무단의 정보를 모을 수가 있을 것이고 필요한 정보도 얻을 수가 있을 것 같아서였다.

그러는 한편 윤재는 아직도 익히지 못하고 있는 다른 비기들을 익히기 위해 이제부터는 잠을 줄이고 수련을 하기로 마음을 먹었다.

아직도 자신은 많은 부분이 부족하다는 것을 알게 되었기 때문이다.

지금 윤재가 사용하지 못하는 비기는 모두 세 가지였

는데 바로 이동과 변신, 그리고 아공간을 만드는 방법이었다.

이중에 아공간을 만드는 방법은 최근에 잘만 하면 가능해질 수가 있을 것 같은 기분을 느끼고 있었다.

아공간이라는 것은 처음에 만들기가 힘들지 한 번만 만들게 되면 평생 가지고 다니는 비밀 금고와 같은 것이라 윤재에게도 편리한 도움을 주는 것이기도 했다.

다만 아직도 이동을 하는 것과 변신은 자신의 내공이 부족하여 사용하지 못한다는 것을 요즘은 어렴풋이 느끼고 있었다.

처음과는 비교해도 장족의 발전이었지만 윤재는 아직도 자신이 부족하다고 생각하고 더욱 수련에 박차를 가할 생각을 하고 있었다.

윤재는 수련을 하기 위한 몸을 가지고 있지는 않았지만 노력을 하는 인간이었다.

최근에 내기를 이용하는 바람에 머리가 상당히 개방이 되어 이제는 어디를 가도 제법 똑똑하다는 소리를 들을 정도는 되었지만 아직도 천재라고 하기에는 많이 부족한 상태였다.

윤재는 자신의 눈에 있는 푸르름을 알아내기 위해 시

간을 투자하고 있었지만 아직도 눈에 보이는 푸르름에 대해서는 알게 된 것이 없었다.

"도대체 그 때 거울에서 눈 속으로 들어간 글자는 무슨 뜻일까?"

윤재는 자신의 눈 속으로 들어간 글자가 궁금해 미칠 것만 같았다.

하지만 궁금해한다고 자신이 알 수가 있는 것이 아니었기에 결국은 포기를 하고 때가 되면 나타나게 될 것이라고만 생각하게 되었다.

또 한 가지 손에 차고 있는 팔찌도 궁금했지만 아직 자신의 능력이 부족하여 그런지 팔찌에 대한 부분도 알아내지 못하고 있었다.

윤재가 이렇게 천무단과 전쟁을 준비하고 있을 때 천무단은 정재민을 소환하여 윤재에 대한 모든 것을 알아내고 있었다.

"자네가 알고 있는 모든 것을 들었으니 이제 자네가 해야 하는 임무는 모두 완성을 하였네. 이제 어찌할 생각인가?"

정재민의 몸을 검사한 천무단의 무인들은 도저히 가망이 없다고 판단을 하게 되어 정재민과 그 조원들을 모두 퇴출을 시키기로 합의를 하였다.

이제 이들은 무인이 아니기 때문에 조직에 남아 있을 수도 없는 몸이었기에 다른 곳으로 가야 하는데 마땅한 곳이 없었다.

사회에 나가도 이들이 먹고살기 위해 할 수 있는 것이 없다는 것이 더욱 마음을 아프게 하고 있었다.

천무단의 무인들은 평생을 무예만 익히고 있었기에 다른 일에 대해서는 거의 아는 것이 없는 상태였다.

조장은 그런 사실을 알고 있기 때문에 정재민을 보고 안타까운 눈빛만 흘리고 있었다.

"조장님, 우리에게 조직에서 해줄 수가 있는 것은 어디까지입니까?"

"조직에서 임무를 수행하다가 부상을 입어 퇴출을 당하는 조직원들에게는 일인당 일억씩 자금을 지원해 주고 있네. 조직에서는 그 지원금이 전부이네."

일억이 적지는 않지만 많지도 않은 금액이었다.

천무단의 무인들은 조직에서 퇴출을 당하게 되면 바로 사회로 나가게 되는데 일억으로 살 집을 사게 되면 먹고 살길이 없기 때문에 결국 이들은 전세나 월세를 얻어서 생활을 할 수밖에 없었다.

다른 이들보다 힘이 약하기에 이들은 노가다를 할 수도 없었고 그렇다고 알고 있는 일도 없으니 나중에 노후에는 거의가 거지가 되어 있던지 아니면 노숙자가 되는 길밖에는 방법이 없었다.

정재민은 그런 선배들을 보아 왔기에 자신도 그런 전철을 이어가게 될지도 모른다는 생각에 얼굴이 참혹하게 일그러지고 말았다.

"저희들은 일억을 받으면 조직을 떠나야 하는 겁니까?"

조장은 정재민의 얼굴을 보면서 차마 대답을 해줄 수가 없는지 고개를 돌려 버렸다.

정재민도 조장이 왜 그런 모습을 하고 있는지를 알기에 더 이상은 말을 하지 않았다.

"조장님 한 가지만 부탁을 드리겠습니다. 저와 조원들이 함께 떠날 수가 있게 해주십시오."

정재민은 모두가 같은 운명이기 때문에 이왕이면 함께 움직이는 것이 서로에게 도움이 된다는 생각을 하고 하는 소리였다.

원래는 조직원들이 떠나게 될 때는 서로 모르게 보내는 것이 전통이었지만 이들처럼 같은 조원들이 한 번에 이런 사고를 당하는 일은 처음이라 조장은 고개를 끄덕여 주었다.

막말로 말을 해서 병신끼리 서로 협력을 하면서 살겠다는데 도움을 주지는 못할망정 깨고 싶지는 않았기 때문이다.

정재민은 조장이 지금 크게 도움을 주고 있다는 사실을 알고 있었다.

규정을 어겨 가며 가신의 의견을 받아주고 있다는 것을 알고 있었다.

"고맙습니다. 나중에 나이를 먹으면 조장님도 은퇴를 하시게 되면 그때에는 술이나 한잔 하도록 하지요."

천무단의 무인들은 은퇴를 하면 아주 자유롭게 행동을 할 수가 있었다.

물론 조직에서 은퇴를 한 무인에게는 생활을 하는데 절대 불편하지 않도록 지원을 해주고 있었고 말이다.

은퇴를 한다는 것은 그만큼 힘든 일을 많이 하였고, 조직에 많은 일을 하였다는 증거였기에 은퇴를 한 무인에게는 그만한 자유를 보장하고 있었다.

하지만 실질적으로 은퇴를 하는 무인은 그리 많지가 않았다.

물론 천무단에 속해 있는 무인들도 알고 있는 사실이기도 했고 말이다.

정재민은 조원들과 함께 조직을 떠나고 있었지만 미련은 없는 모습이었다.

처음부터 조직은 정으로 조직원을 키운 것이 아니라 강한 무인을 원했기 때문에 이렇게 냉정하게 변했다는 것을 정재민도 알고 있었기 때문이다.

"팀장님, 이제 우리는 어디로 가야 하나요?"

서기명은 정재민을 보며 물었다.

정재민은 그런 팀원들을 보며 물었다.

"우리가 이렇게 된 원인은 이윤재 때문이니 그놈을 찾아가서 일을 달라고 해야지 안 그래?"

정재민은 사실 갈 곳도 없었기에 윤재를 찾아가서 의탁을 하려고 하고 있었다.

이제는 평범한 자신들이 어디를 간다고 해도 무사하지 못하게 될 것을 염려해서였다.

결국 가장 자신들에 잘 알고 있는 윤재를 찾아가면 죽이지는 않을 것이라는 생각이 들어서 가려고 하고 있었다.

이미 이윤재에 대한 정보는 정재민도 가지고 있었기

때문에 어디에 살고 있는지도 알고 있어서였다.

이윤재가 살고 있는 빌라는 아직도 모두 팔리지 않았기 때문에 정재민은 팀원들과 그 빌라를 사서 생활을 하려고 하고 있었다.

네 명이 모이니 돈이 합쳐서 모두 사억이라는 돈이 되었기에 빌라는 사고도 충분히 돈이 남았다.

물론 팀장을 하면서 정재민은 따로 부수입을 벌은 것이 있었고 말이다.

팀장 정도 되면 그런 부수입은 절로 생겼다.

비록 부수입이라고 하지만 그래도 십억이 넘는 자금이었기에 절대 적다고 할 수가 없는 그런 돈이었다.

조직에서는 그런 사실을 대부분 알고 있지만 이는 조직에 해를 입히는 일만 아니라면 어느 정도는 눈감아 주고 있어서였다.

정재민도 그렇게 부수입을 얻었고 하는 일이 특별하다 보니 남들보다는 더 많은 부수입이 들어왔던 것이다.

정재민은 윤재가 있는 빌라로 가서 바로 빌라를 계약하게 되었다.

윤재가 살고 있는 빌라는 삼층이었지만 정재민이 산 것은 사층이었다.

비록 한 층이지만 언제든지 윤재에게 갈 수가 있었기에 정재민은 크게 걱정을 하지 않았다.

정재민과 팀원들은 새로 사게 된 빌라를 청소하면서 필요한 가전제품들을 구입하게 되었다.

윤재는 아직 일이 끝나지 않아 집에 오지를 않았지만 아마도 오게 되면 상당히 골 때리는 상황에 머리가 아플 수도 있었다.

정재민과 팀원들은 그렇게 빌라에 자리를 잡게 되었다.

이제 조직을 떠나게 되었으니 자신들이 무슨 일을 해도 조직과는 아무런 문제가 없었기 때문이다.

단 한 가지 조직에 대한 비밀만 엄수하면 말이다.

정재민과 팀원들은 절대 조직에 대한 이야기를 할 마음이 없었다.

이들도 자신들이 속해 있었던 조직이 얼마나 정보가 빠른지에 대해서는 알고 있었기 때문이다.

조직에 대한 비밀만 지켜지면 조직은 이들이 무슨 짓을 해도 상관을 하지 않았다.

그러니 정재민과 팀원들이 이렇게 윤재에게 의탁을 해도 비밀만 엄수를 하면 문제가 없었기에 올 수가 있었던 것이기도 하고 말이다.

윤재는 종현에게 현장에 대한 책임을 지라고 하고는 매우 분주하게 움직이고 있었다.

말은 그렇게 해 두었지만 당분간은 목수들과 함께 일을 하면서 안면을 익혀 두어야 했기 때문이다.

물론 천무단이 자신을 그냥 두지는 않을 것이라는 생각을 항상 하고 있었기에 주변에 대한 경계를 게을리 하지 않고 있었다.

윤재는 오늘도 일을 마무리하고 현장을 떠나고 있었다.

윤재가 몰고 있는 차의 옆에는 종현이 자리를 잡고 있었다.

종현은 운전면허는 있지만 아직도 차를 사지 않는 이유는 단지 차를 가지고 있으면 자꾸 놀러 가고 싶어지기 때문에 사지 않는다고 하여서였다.

하기는 차를 가지고 있으면 연주와 함께 여행을 가고 싶어서 그냥 있지는 못하겠지만 말이다.

빌라에 도착을 하여 차를 세우고 윤재는 집으로 바로 들어가게 되었다.

한참 시원하게 샤워를 하고 있는데 갑자기 울리는 벨 소리에 윤재는 종현이라는 생각을 하였다.

윤재는 대강 몸을 닦고 인터폰을 보니 종현이 아니라 정재민과 그 일행이 자신을 찾아온 것이었다.

윤재는 문을 열어 주어야 하는지를 고민하였지만 이들은 이미 무인이 아니라는 생각에 결국 문을 열어 주게 되었다.

"무슨 일로 나를 찾은 것인지는 모르지만 우선은 들어와라."

윤재가 안으로 들어오라는 말을 하자 정재민과 팀원들은 그런 윤재를 이상한 눈으로 보고 있었다.

비록 적으로 만나 자신들을 이렇게 만든 장본인이기는 했지만 천무단에 속해 있는 무인들은 항상 자신들이 당할 수도 있다는 생각을 가지고 있었기에 지금은 윤재에게 대한 원망을 하지 않고 있었다.

윤재는 마침 천무단에 대한 정보가 필요한 시점에서 이들이 자신을 찾아오게 되자 무언가 좋은 일이 생기려고 한다는 생각을 하게 되었다.

'거참 신기하네. 필요하다고 생각을 하니 이렇게 스스로 찾아오는 경우도 있고 말이야.'

윤재가 그런 생각을 하고 있는지는 생각지도 못하고 있는 정재민과 팀원들이었다.

거실에 모두 자리에 앉자 윤재가 가장 먼저 입을 열었다.

"그래, 무슨 일로 나를 찾은 것이지? 그대들은 나에게 좋지 않는 감정을 가지고 있을 텐데 말이야."

윤재는 이들의 무공을 자신이 없앴기 때문에 하는 소리였다.

정재민은 윤재를 보며 한참 동안 말이 없다가 입을 열었다.

"한 가지만 묻겠네. 나이가 어떻게 되는가?"

갑자기 찾아와서는 나이가 어찌 되는지를 묻는 것이 윤재는 이상하게 생각이 들었다.

이들은 이미 자신의 나이를 알고 있었기 때문이다.

"갑자기 나이는 왜 묻는 거지? 그리고 나에 대해서는 천무단이 더 잘 알고 있지 않나?"

"내가 천무단을 떠났기 때문에 이제는 천무단과는 아무런 사이가 아니기 때문이지. 그리고 내가 나이도 더 먹었는데 왜 반말을 하는 건가?"

정재민은 윤재보다는 열두 살이 많았기에 하는 소리였다.

물론 여기 있는 팀원들도 모두 윤재보다는 나이가 많

앉고 말이다.

윤재는 갑자기 찾아와서는 나이를 따지는 것도 신기하고 천무단을 떠나게 되었다고 하니 이상하게 들렸다.

"나이는 아무런 상관이 없으니 쓸데없는 소리 하지 말고 나를 찾아온 이유나 설명해 봐."

정재민은 나이로 따져 윤재를 이기고 가려고 하였지만 윤재는 노가다를 하며 살아온 날들이 있기 때문에 그런 말로는 통하지가 않았다.

"우리는 여기 위층으로 이사를 오게 되었다. 그래서 인사나 하려고 온 것이고 말이다. 마지막으로 천무단을 떠난 사람들은 더 이상 조직과 관련이 없게 되니 우리를 신경을 쓰지 않아도 된다."

그러면서 천무단에 속해 있는 조직원들이 조직을 떠나게 되었을 때에 대한 이야기를 간단하게 해주었다.

윤재는 이들이 천무단을 떠나게 된 이유를 알게 되었지만 아무런 변화를 보이지를 않았다.

당시에는 서로 적으로 만났기 때문에 죽이지 않은 것만도 고맙다고 해야 했기 때문이다.

지금이라도 윤재는 적을 만나게 되면 똑같이 할 수가 있었기 때문이다.

그 이유는 적에게는 자비를 베풀지 말라는 생각을 하고 있기 때문이었다.

"나에게 무엇을 원하는가? 나를 찾아온 이유가 분명히 있으니 찾아오게 된 것이 아닌가?"

"나와 여기 있는 팀원들은 평생을 무예만 익히고 살아왔기 때문에 사회생활을 할 줄 모른다. 그래서 찾아오게 되었다. 비록 우리와 적으로 만나기는 했지만 지금은 적이 아니기 때문에 말이다."

정재민은 아주 뻔뻔하게 말을 하고 있었다.

윤재는 그런 정재민을 보면서 속으로 웃음이 나왔다.

하기는 저런 뻔뻔함이 있으니 자신을 찾아오게 되었겠지만 말이다.

"그래서 내가 너희들을 도와주기를 원하는 건가?"

"우리는 일반인보다도 힘이 약하기 때문에 노가다나 그런 힘든 일은 하지 못한다. 하지만 지금 조직을 떠나게 되면서 받은 자금은 남아 있으니 무엇을 해야 할지를 알려 주었으면 한다. 우리도 놀고먹고 있을 수는 없으니 말이다."

정재민은 이제 모든 능력이 최악의 상황이 되었으니 무언가를 하면서 먹고 살길을 찾아야 했기 때문에 윤재를 찾아오게 되었다.

물론 정재민이 혼자였다면 그냥 혼자 살수도 있었지만 팀원들이 있기에 그렇게 할 수가 없었다.

윤재는 정재민이 수하들 때문에 자신을 찾아왔다는 것을 알 수가 있었다.

아마도 수하들을 상당히 아끼는 것 같아 보였다.

하지만 자신도 알고 있는 것이라고는 현장에서 일을 하는 것밖에는 없었기 때문에 이들에게 도움을 주고 싶어도 아는 것이 없었다.

"나도 너희들이 무엇을 해야 하는지 알지 못한다. 돈은 있다고 했으니 힘을 들이지 않으면서 할 수 있는 일들이 있는지를 너희 스스로 찾아보도록 해라."

윤재는 말은 그렇게 하고 있지만 마음으로는 이들에게 조금은 미안한 생각을 가지게 되었다.

그래서 이들이 가고 나면 정 실장에게 물어볼 생각을 하고 있었다.

정 실장은 자신이 알기로는 상당한 지식을 가지고 있었기 때문이다.

정재민은 오늘은 일단 인사만 하고 가려고 생각했기에 윤재의 말에 다른 소리는 하지 않고 자리에서 일어섰다.

"오늘은 우리도 인사만 하고 가려고 하였으니 그만 가도록 하지."

정재민이 그렇게 말을 하고 나가려고 하자 뒤를 따라 팀원들도 나가고 있었다.

윤재는 이들을 보고 정말 어이가 없다는 표정이 되고 말았다.

어제는 적이었지만 오늘은 적이 아니라고 하면서 자신을 찾아왔다는 것만도 웃기는 일이었기 때문이다.

물론 사람의 사고방식은 각기 다르기 때문에 서로가 같은 생각을 하기에는 많은 차이가 있겠지만 최소한 적과는 가깝게 지내지 않는 것이 보통의 인간이 가지는 생각이었다.

그런데 놈들은 도대체 무슨 생각으로 자신을 찾아오게 되었는지를 짐작이 가지 않았다.

"이것도 천무단의 수작인가?"

윤재는 천무단이 하는 수작이라고 생각을 하기는 했지만 막말로 몸도 마음도 이미 병신이 된 인간들을 이용하지는 않을 것이라는 생각이 들었다.

만약에 조직이 그런 짓을 하였다는 소문이 나게 되면 오히려 부작용이 더 많을 것이라는 생각이 들어서였다.

윤재는 천무단이 설사 그런 수작을 부린다고 해도 응할 용의는 있었다.

단지 이번에는 그냥 두지 않을 생각을 하겠지만 말이다.

"우선은 놈들이 병신이 된 것은 나에게도 책임이 있으니 저들이 먹고살 수 있는 방법을 찾아보도록 하자."

윤재는 그렇게 생각을 정리하고는 바로 정 실장에게 전화를 걸었다.

─여보세요? 사장님, 어쩐 일이십니까?

"아, 정 실장님께 물어볼 것이 있어서요."

윤재는 그렇게 말을 하고는 놈들에 대한 이야기는 피하고 그저 몸이 불편한 사람들이 있는데 노가다 같은 힘든 일은 하지 못하는데 어느 정도 자금을 가지고 있으니 먹고살 길이 무엇이 있는지를 물었다.

윤재의 질문에 정 실장은 잠시 생각을 하는지 말이 없다가 다시 정 실장의 말이 들렸다.

─사장님, 만약에 그런 사람이 있다면 이번에 짓는 건물의 일층에 체인점을 만들어 주시면 될 것 같습니다. 상가 건물이니 어차피 점포를 놓아야 하니 24시간 체인점 같은 것을 주면 먹고사는 것은 문제가 없을 겁니다.

정 실장의 대답에 윤재는 아차 하는 생각이 들었다.

자신도 많은 것을 체인점에 가서 사 먹었는데 그런 생각을 하지 못하고 있었기 때문이다.

하기는 윤재가 아는 일이라고는 목수 일밖에는 없었기 때문이기도 하지만 말이다.

"정 실장님, 좋은 의견 감사합니다. 다음에 만나면 제가 술을 한잔 사도록 하지요."

—하하하, 사장님이 사신다면 어디로 불러도 가도록 하겠습니다.

"그럼, 조만간에 연락을 드리도록 하지요."

—예, 쉬십시오. 사장님.

윤재는 전화를 마치고는 참으로 정 실장이라는 사람은 박학다식하다는 생각이 들었다.

전문적인 부분은 모르겠지만 잡다한 상식 같은 그런 것은 많이 알고 있는 정 실장이라는 생각을 하는 윤재였다.

그리고 그런 정 실장이 자신의 일에 도움을 준다면 일을 하기가 조금 쉬워질 것 같기도 했고 말이다.

물론 그렇다고 정 실장을 믿는 것은 아니었다.

단지 일을 하는데 도움이 된다고 생각을 하니 함께 있

었으면 하는 생각만 하고 있는 중이었다.

윤재는 정 실장의 말대로 건물이 완공이 되면 일층에 저들이 원하는 먹고살기 위하여 24시 체인점을 만들어 주면 되겠다는 생각을 하게 되었다.

물론 공짜는 없이 자신도 돈을 받아야겠지만 말이다.

장사가 잘되기만 하면 네 명 정도는 충분히 먹고살 수가 있을 것이라는 생각을 하는 윤재였다.

물론 저들이 결혼을 한다는 생각은 아예 하지도 않고 있는 윤재였다.

윤재는 자신이 아직 결혼에 대해 생각을 하지 않고 있기 때문에 다른 사람이 결혼을 할 것이라고는 생각지도 않는 인물이었다.

윤재가 그렇게 천무단의 인원들과 함께 생활을 하는 것은 바로 천무단에 보고가 되고 있었다.

"얼마 전에 조직을 떠난 정재민과 그 일행이 지금 이 윤재와 함께 생활을 하고 있습니다."

"아니, 무슨 소리인가?"

"정재민과 그 팀원들이 이윤재가 살고 있는 빌라의 사층을 사서 살고 있습니다."

"허어, 이거야 원. 원수와 함께 살겠다는 이야기인가?"

남자는 천무단 소속에 감찰을 책임지고 있는 책임자였다.

천무단에서도 막강한 권력을 가지고 있는 인물이기도 했고 말이다.

"그래 어떻게 지내고 있다고 하든가?"

"아직 뚜렷하게 움직임을 보이지는 않지만 이윤재에게 무언가를 원하고 있는 것 같습니다."

"흠, 이윤재는 지금 건물을 짓고 있다고 했나?"

"예, 자신의 명의로 된 건물을 짓고 있습니다."

감찰단의 단장인 남자는 잠시 무언가를 생각하는 듯한 표정을 하였다.

"이윤재의 재산에 대해서 말해 보게."

"이윤재는 보물을 팔아 막대한 자금을 가지고 있습니다. 그 자금 말고도 복권에 당첨이 된 금액도 적지 않게 가지고 있었습니다."

"복권에 당첨이 되었다고? 운도 좋은 놈이군그래. 우선은 이윤재의 자금을 묶을 방법을 찾아보고 보고를 하게."

천무단은 이윤재에게 지금 접근을 했다가는 또다시 3
팀의 꼴을 당할 수도 있다는 판단을 하여 당분간은 이윤
재를 감시만 하고 있으라고 하였다.

하지만 3팀이 이윤재와 함께 있다고 하면 상황이 달라
질 수도 있었기에 감찰단장은 이윤재를 조금이라도 힘들
게 하기 위해 자금을 묶을 방법을 찾으라고 한 것이다.

자금이 묶이면 건물을 짓는 일도 그리 쉬운 일이 아니
기 때문이었다.

천무단은 윤재의 자금을 묶을 수 있는 방법으로 세금
에 대한 부분을 조사하게 하였고, 윤재가 보물을 팔고는
한 푼의 세금도 내지 않았다는 것에 바로 자금을 묶을 방
법을 찾아내게 되었다.

이는 감찰단장의 지시로 일사천리로 일이 진행이 되었
고, 윤재에게 검찰에서 소환장이 날아오게 되었다.

"사장님, 여기 검찰에서 소환장이 날아왔습니다."

"아니, 갑자기 검찰에서 나를 소환하는 이유가 무엇이
지?"

윤재는 갑자기 검찰에서 소환을 하는 이유에 대해 소
환장을 보게 되었다.

그 안에는 거액을 재물을 얻었는데 세금을 내지 않았다는 내용들이 나와 있었다.

윤재는 놈들이 정말 치사하게 나오고 있다는 생각에 이번에는 정말 이대로 당하지는 않겠다는 생각을 하게 되었다.

"검찰이 소환을 했으니 우선은 가 보아야겠으니 너는 현장이나 잘 관리를 하고 있어라."

윤재는 그렇게 말을 하고는 은행이 넣어 두었던 가방을 모두 찾아서 다른 곳에 묻어 두었다.

물론 윤재는 가방을 묻을 때는 주변에 누가 있는지를 확실하게 확인을 하고 묻었기 때문에 아무도 아는 사람이 없었다.

이는 천무단의 조직원이 윤재의 실력을 알기에 멀리서 관찰을 하고 있었기 때문에 모르고 있었다.

윤재는 검찰의 소환장을 들고 다음 날 검찰로 향했다.

자신이 가지고 있는 재산에 대해 불로소득을 인정하게 되면 아마도 엄청난 세금을 두들겨 맞게 될 것이니 윤재도 이에 대한 준비를 철저하게 하고 움직이고 있었다.

검찰로 가니 윤재는 검사실로 안내를 받을 수가 있었다.

"어떻게 오셨습니까?"

"여기 소환장이 와서 오게 되었습니다."

윤재는 당당하게 말을 하고 있었다.

사무장은 윤재가 하도 당당하기 때문에 이거 소환장이 잘못 간 것이 아닌지 의심스러울 정도였다.

"소환장을 제시해 주시기 바랍니다."

윤재는 사무장이 하는 말에 바로 들고 있는 소환장을 주었다.

소환장에는 거액의 불로소득에 대한 세금을 내지 않았다고 나와 있었기에 사무장은 이번 사건은 자신이 해결을 할 수가 없다고 판단을 하고는 바로 검사에게 보고를 하게 되었다.

"잠시만 앉아 계시면 검사님이 오실 겁니다. 그 때 이야기를 하시면 됩니다."

"그렇게 하지요."

윤재는 사무장의 말에 당당하게 대답을 했다.

자신은 이들에게 비굴하게 행동을 할 이유가 없기 때문이었다.

사무장은 소환장의 내용과 본인이 너무도 당당하게 행동을 해서 고개만 갸웃거렸다.

윤재를 담당하는 검사는 평검사가 아닌 부장 검사가 직접 사건을 담당하게 되었다.

사무장은 부장 검사에게 연락을 하여 윤재가 왔다는 사실을 알려 주었고 부장 검사는 바로 검사실로 오게 되었다.

윤재는 가만히 자리에 앉아 기다리고 있으니 문이 열리며 날카롭게 생긴 사십 대 초반의 남자가 들어오는 것을 보게 되었다.

남자는 사무실을 들어오자 가장 먼저 안으로 둘러보았다.

남자의 눈에는 윤재가 보였고 마치 먹잇감을 노리고 있는 그런 눈빛을 하며 윤재를 보았다.

"이윤재 씨이십니까?"

"예, 제가 이윤재입니다."

"인천 지검 박지혁 부장 검사입니다. 이윤재 씨는 지금 고소를 당해 소환장을 받아 오시게 되었으니 우선은 조사를 받으셔야 합니다."

윤재는 이미 각오를 하고 있었기에 담담하게 부장 검사를 보며 대답을 했다.

"그렇게 하지요. 그런데 저를 고소한 인물은 볼 수가

없는 겁니까?"

"나중에 보실 수가 있을 겁니다. 조사를 하면 다 오게 되어 있으니 말입니다."

"알겠습니다. 어디로 가면 됩니까?"

"그럼, 이쪽으로 오십시오. 조사를 해야 하니 말입니다."

윤재는 검사가 하는 말에 따라 이동을 하였다.

박지혁은 윤재가 하는 행동을 보면서 무언가 마음에 들지 않는지 인상을 절로 찌그러졌다.

보통은 검찰에 출두를 하게 되면 마음이 불안해야 하는데 윤재는 그렇지가 않았기 때문이다.

'이거 오늘 이상한 일을 당하는 것이 아니야?'

박 부장 검사는 이번 일에 대하여 고소를 접수를 하기는 했지만 윤재가 보이는 행동에 조금은 불안해지고 있었다.

만약에 조사를 했는데도 아무런 이상이 없게 되면 상대에게 오히려 고소를 당하게 될 수도 있었기 때문이다.

물론 고소인은 자신이 아니기 때문에 문제는 없지만 말이다.

박지혁은 천무단에 속해 있는 인물과 친구로 지내고

있는 사이였기에 이번 사건에 개입이 되게 되었다.

가끔 요상한 사건을 해결하게 하라는 말을 들어서 이번에도 그런 사건이라고 생각했는데 이번에는 느낌이 달랐다.

윤재가 자리에 앉자 박지혁은 조서를 꺼내서 묻기 시작했다.

"이윤재 씨는 강남의 정 회장이라는 사람에게 국보 급의 보물을 팔았다고 하는데 사실입니까?"

"저는 그런 보물을 가지고 있지도 않지만 있어도 정 회장이라는 분을 어찌 알고 팔겠습니까?"

"이윤재 씨는 면도날 파의 종현을 이용하여 물건을 팔았다고 하는데 정말 아닙니까?"

"아닙니다. 조사를 하면 나오는 것을 제가 거짓말을 할 이유가 없지 않습니까."

윤재는 당당하게 아니라고 하고 있었다.

"그러면 종로에 있는 서 회장에게도 보물을 판 적이 없습니까?"

"그렇습니다. 저는 보물이라는 것을 모릅니다. 그런데 갑자기 저에게 보물을 팔았다고 하는 자가 누구입니까?"

윤재는 자신이 고소를 당했다는 것을 알자 천무단이라

는 것을 알았지만 고소를 하는 인물이 누구인지를 알고
싶었다.

보물을 판 것을 알고 있는 인물들은 그리 많지 않았기
때문이다.

물론 눈으로 확인을 한 사람만 두고 하는 말이었다.

정 회장과 거래를 할 때는 경호원으로 있던 열 명의 인
물이 있었지만 서 회장과 거래를 할 때는 그리 많은 인물
이 없었기 때문이다.

윤재가 당당하게 아니라고 부정을 하며 누구냐고 오히
려 따지고 있자 박 검사는 잠시 혼동이 되고 있었다.

자신이 받은 기록에는 거의 범행에 대한 모든 것이 나
와 있기 때문에 조사를 하면 금방 들통이 날 수가 있는데
도 저러는 것은 정말로 아니거나 발뺌을 하는 것이라는
이야기였기 때문이다.

박 검사는 윤재가 아니라고 부정을 하자 다시 고소를
하게 된 조서를 보게 되었지만 본인이 아니라고 하니 우
선은 고소인을 소환하지 않을 수가 없었다.

"이윤재 씨, 이번 소환은 본인이 부정을 하였기 때문
에 고소인을 불러 대질 심문을 할 수밖에 없습니다. 어쩌
시겠습니까?"

"저는 저를 고소한 인물이 누구인지 직접 확인을 하고 싶습니다. 그리고 저를 고소하였으니 저도 고소를 할 수 있는 것으로 아는데 만약에 조사를 해서 죄가 없다는 것이 판정이 되어 바로 고소를 하면 그 사람은 바로 구속이 되는 겁니까?"

윤재는 아주 대놓고 고소를 하겠다고 하면서 바로 구속이 되는지를 물었다.

박지혁은 검사 생활을 하면서 이런 인물은 처음 보았다.

하기는 죄가 없다고 판정이 된다면 문제가 없기는 하겠지만 말이다.

"오늘은 그만 돌아가시고 내일 다시 나와 주시기 바랍니다."

"아니, 검사님 저도 일을 해야 먹고 사는 사람입니다. 그런 사람을 왜 자꾸 오라 가라 하는 겁니까? 죄가 있는지는 바로 조사를 해 보면 알 수가 있는 것이 아닙니까?"

윤재는 눈을 부라리며 박 검사를 보며 고함을 치고 있었다.

박 검사는 이거 정말 죄가 없는 사람이 아닌가라는 생각이 들 정도였으니 말이다.

"우리도 조사를 하기 위해서는 어쩔 수 없는 일이니 그 점은 이해를 해주시기 바랍니다."

"좋습니다. 검사님의 입장은 충분히 이해를 하지만 저는 이렇게 손해를 보게 되는 것을 어디에 소송을 해야 하는 겁니까? 저도 손해를 보기만 할 수는 없는 일이 아닙니까?"

윤재는 박 검사를 보며 자신이 죄가 없다는 것이 증명이 되면 자신의 손해는 어찌하는지에 대해 묻고 있었다.

이거는 완전히 입장이 바뀌어 있는 것 같은 분위기였다.

윤재는 법에 대해서는 잘 모른지만 기선을 제압하는 방법에 대해서는 알고 있었기 때문에 이렇게 행동을 하고 있었던 것이다.

그리고 보물에 대해서 종현의 기억을 제압하여 모조리 사라지게 하였기 때문에 아무리 종현을 조져도 절대 그의 입에서는 알 수가 없었기 때문이다.

또 한 가지 윤재는 강남에도 은밀히 가서 정 회장의 정신을 제압하였고 혹시나 하는 마음에 서 회장의 정신도 제압을 하였기에 이제 당사자가 아니라고 하는데 제삼의 인물들이 우길 수가 없었기 때문이다.

물론 알리바이를 증명하라고 할 수도 있겠지만 보통의 사람이 몇 개월이나 지난 일을 기억한다는 것은 도저히 불가능한 일이었다.

윤재의 이런 사정을 모르는 박 검사는 이번에는 친구가 아무래도 무언가 실수를 한 것 같다는 생각을 하게 되었다.

"우선 오늘은 그만 돌아가시고 내일 다시 오시면 고소인을 만나실 수가 있을 겁니다."

박 검사는 우선은 윤재를 보내고 다시 사건에 대해 알아보아야겠다는 생각에 윤재에게 돌아가라고 하고 있었다.

아무래도 자신이 보기에는 윤재는 아무런 관계가 없어 보여서였다.

범인이라면 저렇게까지 행동을 할 수가 없었기 때문이다.

이는 검사의 본능적인 감이었는데 박 검사도 윤재가 하는 행동을 보면서 절대 아니라는 생각이 들었다.

윤재는 그렇게 일단은 집으로 돌아오게 되었다.

내일을 기대하면서 말이다.

"후후후, 내가 그렇게 쉽게 당하지 않는다는 것을 이번에 확실하게 보여 주지."

윤재는 혼자 집으로 돌아오면서 의미심장한 웃음을 날리고 있었다.

9장

고소인을 고소하다

윤재는 다음 날 다시 검찰로 갔다.

어제와는 다르게 오늘은 박 검사도 조금은 냉정한 얼굴을 하며 윤재를 보고 있었다.

박 검사는 어제 친구와 만나 많은 이야기를 나누었고 이미 증인들도 있다는 말을 듣고는 도저히 이해가 가지 않았다.

자신의 감에는 절대 아니라고 하는데 친구는 이미 증거와 증인까지 확보를 하고 있다고 하니 어쩔 수없이 이번 사건을 맡을 수밖에 없었다.

윤재는 오늘도 당당하게 검사실의 문을 열고 안으로

들어오고 있었다.

윤재는 검사실에 들어와서 박 검사가 있는 것을 확인하고는 바로 그쪽으로 걸어갔다.

"박지혁 검사님, 저 왔습니다."

"이윤재 씨, 이쪽으로 앉으세요. 조금만 기다리시면 고소인이 올 것입니다."

"상대방이 시간 약속을 잘 지키지 않는 모양이군요."

윤재는 은근히 짜증이 난다는 표정을 지었다.

박 검사는 저런 표정은 절대로 연기를 한다고 해서 지어지는 그런 표정이 아니란 것을 알고 있었다.

윤재가 한참을 기다리고 있으니 검사실의 문이 열리면서 안으로 들어오는 인물이 있었다.

그런데 그 인물은 바로 서 회장과 거래를 할 때 자신을 미행을 하던 놈이었다.

윤재는 속으로 웃기만 하고 있었다.

놈이 자신을 미행하기는 했지만 놈이 말하는 것이 모두 증거가 될 수가 없었기 때문이다.

그리고 마음에 들지 않으면 놈의 정신도 바로 제압을 할 생각을 하고 있는 윤재였다.

정신 제압은 하루에 많이는 하지 못하지만 최대한 하

면 다섯 명까지는 가능했기 때문이다.

놈은 웃으면서 안으로 들어왔지만 윤재는 그런 놈을 보고도 얼굴도 변하지 않고 있었다.

박 검사는 고소인이 들어오는 것을 보고 혹시 얼굴이나 다른 행동을 하는지를 유심히 보고 있었지만 윤재는 오히려 더 차가운 얼굴을 하며 고소인을 보고 있었다.

고소인이 도착을 하자 박 검사는 윤재를 보며 물었다.

"이윤재 씨, 여기 이분이 고소를 하신 당사자입니다. 아시는 분입니까?"

"모릅니다. 그런데 알지도 못하는 인물이 저를 고소한다는 것이 말이 되는 이야기입니까?"

윤재의 대답에 놈은 오히려 황당하다는 표정을 지었다.

윤재는 그런 표정을 짓고 있는 놈의 정신을 바로 제압을 하게 되었다.

'너는 이제부터 나를 모르는 사람이라고 생각해라. 누가 시켰냐고 하면 너의 상부에 있는 인물들을 모두 불어라.'

윤재는 정신 제압이 가장 방비를 하지 않고 있을 때 해야 가장 잘 먹힌다는 것을 알고 놈이 황당한 표정을 지을 때 바로 제압을 한 것이다.

놈은 황당한 표정을 짓다가 갑자기 멍해지는 얼굴을 하고 있었다.

"고소인께 묻겠습니다. 여기 있는 이윤재 씨를 아십니까?"

"저는 모르는 분입니다. 검사님."

이게 무슨 시추에이션이라는 말인가?

고소인이 고소를 한 사람을 모른다고 하고 있으니 박 검사만 그런 것이 아니라 검사실에 모여 있는 모든 사람들이 모두 놀라고 있었다.

"그… 그러면 어째서 이분을 고소를 하게 된 것입니까?"

박 검사는 자신도 모르게 말이 떨리고 있었다.

"저는 상부의 지시를 받아 고소를 하라고 하여 한 것밖에는 모릅니다."

윤재는 놈이 하는 말에 눈빛을 빛내며 물었다.

"아니, 상부의 인물이 누구인데 나를 고소를 하라고 하였다는 말이오?"

"저의 상부는 국정원에 있는 최기창 과장님이십니다. 그분이 고소를 하라고 하여 하게 되었습니다."

박 검사는 이제 큰일이 났다고 생각을 하게 되었다.

최기창은 바로 자신의 친구였고 이번 사건을 주었던 인물이었기 때문이다.

이거는 자신을 물 먹이기 위해 한 짓으로밖에 보이지 않은 행동이었기에 박 검사도 화가 나고 있었다.

아무리 친구라고 하지만 이런 짓을 할 수는 없었기 때문이다.

윤재의 말대로 죄도 없는 사람을 고소를 하여 무조건 조사를 받으라고 하여 오게 되었다는 기사라도 나면 자신은 더 이상 검사 생활을 할 수가 없게 되었기 때문이다.

윤재는 놈이 하는 이야기를 더욱 크게 떠들기 시작했다.

"아니, 국정원에 있는 과장이라는 놈이 나하고 무슨 억하심정이 있다고 이런 짓을 한다는 말이오. 그러고 보니 검사님도 똑같네요. 혹시 뇌물을 받은 거요?"

윤재의 말에 박 검사는 정말 억울했다.

"아닙니다. 저는 분명히 고소를 하여 조사를 하고 있는 겁니다. 이윤재 씨."

"저는 이번 사건에 대해 신문에 대대적으로 보도를 하게 할 생각입니다. 이번에는 절대로 빠져나가지 못하게 말입니다."

윤재는 화가 나서 고함을 치고 있었고 박 검사는 신문에 보도가 되면 자신과 친구인 최기창의 사이가 알려지게 될 것이고 자신은 정말 빼도 박도 못하는 신세가 되기 때문이었다.

"이윤재 씨, 제가 이번 사건을 책임지고 조사를 하겠습니다. 우선은 진정을 하십시오."

박 검사는 이번 고소 사건을 보고 제법 사건이 굵직하다고 생각하여 직접 챙기게 되었는데 처음부터 일이 묘하게 꼬이고 있었다.

"아니, 검사님은 지금 진정을 하게 생겼습니까? 검사님도 이들과 한통속입니까?"

윤재의 말에 박 검사는 속으로 뜨끔하였지만 절대 아니라고 대답을 하고 있었다.

"검사는 그런 짓을 하지 않습니다. 이윤재 씨."

"그러면 상관이 없겠군요. 저는 오늘 신문사의 기자와 만나기로 이야기가 되어 있습니다. 이번 일은 절대로 그냥 넘어가지 않을 겁니다. 그리고 제가 입은 피해에 대해서도 철저하게 보상을 받을 겁니다."

윤재는 강력하게 대항을 하겠다고 하자 박 검사의 입장이 오히려 더 난처하게 되고 말았다.

피고소인이 이제는 바로 고소인이 되었기 때문이다.

박 검사는 윤재가 난리를 치는 것이 중요한 것이 아니라 지금 자신이 처지가 더 걱정이 되었다.

만약에 신문에 윤재가 알고 있는 사실을 그대로 나게 되면 자신과 최기창 과장은 절대로 공직에 남아 있을 수가 없었기 때문이다.

말 그대로 자신과 최기창은 서로 짜고 윤재를 구속시키려고 하였다는 비판을 면할 수가 없었기 때문이다.

윤재가 검사실에서 난리를 치니 일단 사무장이 윤재를 데리고 나가고 있었다.

박 검사의 눈치를 보니 이번 사건에 개입이 되었다는 것을 직감적으로 알았기 때문이다.

윤재의 말대로 이번 사건이 신문에 나오게 되면 이는 검찰과 국정원이 짜고 시민을 구속시키려고 하였다는 소리를 피할 수가 없었기 때문이다.

윤재는 이미 핸드폰으로 사무실에서 있었던 일들을 모두 녹음을 해 두었기에 아무 걱정이 없었다.

그리고 천무단을 생각하면 절대로 이대로 물러날 수가 없는 입장이기도 했다.

자신이 이번 사건으로 이름이 알려지게 되면 아무리

천무단이라고 해도 함부로 움직일 수가 없을 것이라는 판단이 들어서였다.

"이윤재 씨, 그만 진정하세요. 저라도 그렇게 당하면 화가 날 수밖에 없겠지요. 하지만 조금만 진정을 하시고 제 말을 들어주십시오."

사무장은 윤재를 진정시키기 위해 필사적으로 노력을 하였고, 윤재도 그런 사무장의 노력에 잠시 후에 진정을 할 수가 있었다.

"휴우, 제가 조금 성격이 과격합니다. 현장에서 일을 하는 사람이라 그런 것이니 이해를 해주시기 바랍니다."

"아닙니다. 충분히 이해를 합니다. 이제 조금 안정이 되셨습니까?"

"예, 조금 안정이 되었네요."

"그러면 제가 하는 이야기를 잘 들어보고 결정을 하시기 바랍니다. 이번 사건에는 무언가 이상한 점이 많아 보입니다. 그래서 이 사건을 저희 검사님이 책임지고 조사를 하실 생각이신 것 같습니다. 그러니 이윤재 씨는 진정을 하시고 기다려 주실 수 없습니까?"

"제가요? 제가 왜 그래야 하는데요? 이미 사건의 배후에 대한 것도 알게 되었는데 절대 그럴 수가 없지요. 알지도 못하는 사람에게 죄를 뒤집어씌우려고 하는 놈을 그냥 두라는 말입니까? 저는 절대 그냥 넘어가지 않을 겁니다."

"하지만 그렇게 하시면 이윤재 씨가 다칠 수도 있습니다. 국정원이 왜 이윤재 씨에게 죄를 만들려고 하는지는 모르지만 국정원은 그렇게 만만한 곳이 아닙니다."

사무장은 윤재를 진정시키고 국정원이라는 이름을 이용하여 이번 사건을 박 검사가 직접 조사를 하게 하려고 하였지만 윤재에게는 통하지 않았다.

"사무장님, 그런 소리 하시려면 그냥 들어가십시오. 그리고 저는 지금 바로 신문기자를 만나러 가야겠습니다."

사무장은 윤재를 말릴 수가 없었다.

이번 사건은 커다란 사회적인 이슈를 불러오게 될 것이고, 박 검사도 검사 생활을 종지부를 찍을 수가 있다는 생각을 하게 되었다.

"휴우, 아니, 저 사람이 왜 날 죽이려고 하는 거야?"

사무장은 혼자 남아 그렇게 중얼거리고 있었다.

박 검사는 윤재가 나가자 바로 국정원의 최기창에게 전화를 하였다.

"야, 이 개새끼야! 너 나를 죽이려고 지랄을 하는 거냐?"

―이 새끼가 미쳤나? 갑자기 왜 지랄을 하고 난리야?

최기창은 박 검사가 갑자기 전화를 해서 지랄을 하자 어이가 없다는 표정을 지으며 같이 욕을 하고 있었다.

"너 이번 사건 어떻게 책임을 질 거야?"

―그냥 평소대로 하면 되잖아. 무슨 문제 있나?

"야, 미친놈아. 고소인이 와서는 너의 지시로 고소를 하였다고 검사실에서 진술을 하는 바람에 지금 청이 발칵 뒤집어졌다. 그리고 피고소인 이윤재는 지금 신문사 기자를 만나 이번 사건에 대해 모두 밝히겠다고 나갔다고 한다. 이제 어떻게 할 거야?"

박 검사의 말을 들은 최기창은 갑자기 찬물을 뒤집어쓴 기분이 들고 말았다.

최기창은 박 검사의 말대로 이번 사건이 신문에 나가게 되면 자신은 물로 조직의 입장도 상당히 곤란하게 될 것을 생각이 나자 급하게 박 검사의 전화를 끊게 되었다.

―미안한데 나중에 내가 다시 전화를 할게. 이만 끊자.

최기창은 전화를 끊고는 바로 다른 곳으로 전화를 하였다.

하지만 박 검사는 자신의 검사 생활을 이렇게 종지부를 찍을 수는 없었기에 박 검사도 인맥을 동원하여 자신을 빠질 수 있는 방법을 찾기 시작했다.

박 검사는 서울 지검에 있는 친척을 생각하고는 바로 전화를 걸게 되었다.

박 검사도 집안은 검사 집안이기 때문에 제법 많은 인물들이 검사나 변호사 그리고 판사로 재직을 하고 있었다.

박 검사는 자신이 알고 있는 모든 사람들에게 연락을 하여 이번 사건에 대해 도움을 주기를 바라고 있었다.

한편 윤재는 지금 신문사 기자와 만나고 있었다.

윤재는 어제 이미 기자와 통화를 하였기 때문에 오늘은 증거를 확보하기 위해 간 것이었다.

"이 기자님, 여기 증거와 사건에 대한 내용입니다."

"증거는 물론 카피본이겠지요?"

"하하하, 당연한 것이 아닙니까. 저도 이 증거물을 오늘 인터넷에 올릴 생각입니다. 그러니 늦지 않게 보도를 하셔야 할 겁니다."

"인터넷을 올리시겠다고요?"

"예, 만약을 위해 그렇게 할 생각입니다. 신문에 나오지 않을 수도 있으니 말입니다. 상대는 정부의 요직에 있는 사람입니다. 신문사에 알고 있는 인맥은 있지 않겠습니까."

윤재의 말에 이 기자는 기분이 상했지만 틀린 말은 아니었기에 최대한 빨리 보도를 마치기 위해 움직였다.

"알겠습니다. 제가 책임지고 보도가 되게 해 드리겠습니다."

이 기자는 그렇게 인사를 하고는 빠르게 사라졌다.

인터넷으로 먼저 보도가 되기는 하겠지만 자신의 신문에도 전면에 기사를 싫으면 크게 성공을 할 수가 있었기 때문이다.

이미 증거물도 카피본으로 받았기 때문에 이 기자는 아주 기분 좋게 신문사로 가게 되었다.

윤재는 인터넷을 기사와 녹음이 된 증거물을 모두 기사로 작성을 하여 올리게 되었다.

윤재의 생각으로는 아마도 신문은 기사가 나가지 않을 수가 있다고 보았기 때문이다.

그래서 윤재가 생각한 것이 바로 각 사이트마다 모두 기사를 동시에 올리는 것이었다.

물론 녹음이 된 테이프의 내용도 함께 말이다.

윤재의 예상대로 신문사에서는 이 기자의 기사를 실지 못하게 하고 있었다.

"아니, 국장님 이거는 정말 특정인데 어째서 기사를 내지 못하게 하는 겁니까?"

"이 기자, 자네 신입이야? 이제 기자 짠밥도 먹었으면 돌아가는 분위기는 파악을 하고 있어야 하지 않아. 이번 기사는 그냥 가지고 있어."

국장의 한마디에 이 기자는 바로 꼬리를 내릴 수밖에 없었다.

하지만 이 기자는 윤재에게 한 약속이 있기 때문에 최소한의 양심을 지키고 싶었다.

결국 이 기자는 다른 신문사에도 자신이 가지고 있는 내용을 모두 카피를 하여 발송을 하게 되었다.

물론 본인은 아니고 다른 인물을 세워서 말이다.

제법 돈이 들기는 했지만 자신이 할 수 있는 방법은 이것이 전부였기에 어쩔 수 없었다.

그날 저녁에 각종 포털에서는 난리가 나고 있었다.

검색 순위 일위가 바로 윤재가 올린 사건에 대해서였다.

박 검사는 윤재가 설마 녹음까지 해서 인터넷에 올렸을 것이라고는 정말 상상도 하지 못하고 있다가 갑자기 주변에서 걸려 오는 전화 때문에 인터넷을 보게 되었고 바로 그 자리에서 주저앉고 말았다.

인터넷의 위력은 윤재가 생각하는 이상으로 위대하였는지 한국의 국내가 떠들썩해지기 시작했다.

정부에서는 인터넷에 나온 기사에 대해 정밀 조사를 하라는 지시를 하게 되었고, 검찰의 수뇌부에도 비상이 걸려 대검에서 직접 수사를 하게 되었다.

대통령까지 관심을 갖게 만든 이번 사건의 주역인 윤재는 아주 편한 얼굴을 하며 집에 있었다.

"크크크, 그러게 나를 건드리니 그런 꼴을 당하는 거야."

윤재는 간단하게 천무단에게 복수를 하기는 했지만 아직도 분이 풀리지 않는 기분은 어쩔 수가 없었다.

윤재가 그렇게 있을 때 천무단은 지금 회의를 하고 있었다.

"아니, 도대체 일을 어찌 처리를 하였는데 이 지경이 되도록 방치를 하였다는 말이오?"

"죄송합니다. 이세철이 배신을 할 것이라고는 상상도 하지 못했습니다."

"그러면 배신자를 바로 처리를 했어야 하지 않소?"

"검사실에서 그렇게 말을 하는 바람에 바로 구속이 되어 저희도 바로 손을 쓸 수가 없었습니다."

천무단의 가장 상위 조직에 있는 실질적인 천무단의 주인은 나이가 제법 많아 보였다.

대략으로 보아도 육십대는 되어 보이는 그런 얼굴이었다.

"이미 사건이 커질 대로 커졌으니 바로 꼬리를 자르도록 하시오. 잘못하다가는 조직이 위험해질 수도 있으니 말이오."

천무단에서는 최기창을 버리기로 결론을 내리고 있었다.

최기창 한 명 때문에 조직이 힘들게 할 수는 없었기 때문이다.

윤재는 이번 사건을 기회로 어떻게 하면 천무단을 세상에 공개를 할 수가 있을지를 고민하고 있었다.

천무단에 대해서 아는 사람은 그리 많지가 않았고 군부나 국정원에만 이들이 들어가 있기 때문에 윤재도 좋은 방법을 찾기가 쉽지가 않았다.

"흠, 놈들을 어떻게 처리를 해야 가장 잘했다고 소문
이 날까?"

윤재는 천무단이 세상에 공개가 되기를 바라고 있었지
만 세상에 살고 있는 사람들은 자신의 눈으로 직접 본 것
만 믿기 때문에 가장 좋은 방법은 바로 매스컴을 이용하
는 것이었는데 증거도 없이 천무단에 대해 이야기를 할
수는 없었다.

윤재가 그런 고민을 하고 있을 때 검찰에서는 지금 박
검사가 조사를 받고 있었다.

"자네에게는 미안하지만 이번 조사는 대통령님이 직접
지시를 한 것이기 때문에 어쩔 수가 없네."

"알고 있습니다. 차장님."

박 검사는 자신이 크게 잘못을 한 것은 없기 때문에 잘
만 하면 다시 풀려날 수가 있다고 생각하고 있었다.

"그럼, 먼저 묻겠네. 이번 사건은 국정원의 최기창 과
장이 지시를 한 것인가?"

"지시는 아니고 그냥 최기창과는 친구로 지내고 있는
사이입니다. 갑자기 저를 찾아와서 이번에 사회적으로 문

제가 될 수 있는 큰 사건이 있다고 하며 이번 사건에 대하여 이야기를 하게 되었습니다. 그리고 고소장도 작성을 하여 가지고 왔기에 그 내용을 보고 검찰이 직접 조사를 해야 한다고 생각하여 조사를 하게 되었습니다."

박 검사는 그날 있었던 일들을 솔직하게 모두 이야기를 해주었다.

한참을 그렇게 박 검사의 이야기를 듣고 있는 차장은 입을 열기 시작했다.

"자네의 말이 거짓이 없다는 것은 알지만 지금 가장 큰 문제가 무엇인지를 아는가?"

박 검사는 모르는지 고개를 갸웃거렸다.

"저는 모르겠습니다."

"지금 밖에서는 우리 검찰이 국정원의 지시를 받아 죄도 없는 사람을 구속시키기 위해 소환을 하였다고 하고 있다네. 자네는 이게 무슨 뜻인지 이해를 하는가?"

검사가 국정원의 지시를 받았다고 소문이 나고 있다면 검사들은 자신의 명예를 위해 절대 그런 사실이 없다고 할 것이고 자신은 결국 그런 검사들의 명예를 훼손 시킨 주범이니 다시는 검사 생활을 할 수가 없게 된다는 이야기였다.

"차장님, 정말 방법이 없는 건가요?"

"지금은 방법이 없네. 그래서 자네를 이곳으로 데리고 온 것이고 말이야. 오늘 중에 국정원의 최기창 과장도 호출이 되어 오게 될 거네."

차장의 말에 박 검사는 이제 더 이상 방법이 없다는 것을 알 수가 있었다.

자신은 이제 검사를 그만두는 것이 문제가 아니라 앞으로 변호사도 하지 못할 것이라는 생각에 눈앞이 캄캄해졌다.

국정원의 최기창은 천무단의 연락을 받고는 눈이 멍해져 있었다.

조직을 위해 그렇게 충성을 했는데 임무에 실패를 했다고 자살을 하라고 지시가 내려왔기 때문이다.

누구보다도 조직을 사랑했던 자신이 이런 대우를 받게 되니 최기창의 입장에서는 정말 허탈한 기분만 들었던 것이다.

"하하하, 정말 우리 조직은 냉정한 하나는 정말 대단한 발전을 하였단 말이야."

최기창은 자신도 한때는 냉정하게 생각을 해야 한다고 이야기를 한 적이 있었기 때문에 지금 조직에서 자신을 버리는 패로 사용하는 것에 불만을 가질 수는 없었다.

최기창은 서랍을 열어 안에서 권총을 꺼냈다.

아직까지 혼자 살고 있기 때문에 유언장은 필요가 없었다.

조용히 권총을 자신의 머리에 대고 있으니 그동안 자신의 지내 왔던 시절들이 주마등처럼 지나가고 있었다.

탕!

국정원이 있는 건물에는 갑자기 들려온 총소리에 기겁을 하고 엎어지는 인물들이 많았다.

최기창의 비서로 있는 양희선은 사무실에서 갑자기 총소리가 들리자 최대한 빠르게 문을 열려고 하였다.

그런데 문은 안에서 잠가 놓았는지 열리지가 않았다.

"여기 총소리가 방에서 들렸어요. 도와주세요."

희선은 고함을 치기 시작했다.

국정원의 과장이 있는 방의 문이 강제로 열리기 시작했고, 그 안에는 이미 죽어 있는 최기창을 볼 수가 있었다.

최기창이 남겨 놓은 것이라고는 딱 하나 있었는데 누구에게 인지는 모르지만 미안하다라는 글을 남겨 두고 자살을 하였다.

양희선은 남겨진 글을 보고는 그 자리에서 쓰러져 울고 말았다.

"흑흑흑. 왜? 왜? 자살을 해요. 죄를 지었으면 벌을 받으면 되잖아요. 흑흑흑."

아마도 양희선과는 최기창은 조금은 특별한 사이였는지 희선의 울음에는 서러움이 묻어 있었다.

한때 한국을 시끄럽게 하였던 국정원과 검찰의 문제는 최기창이 자살을 하면서 어느 정도는 사건이 조용해지고 있었다.

박 검사는 검사를 그만두고 고향으로 돌아가게 되었고 검찰에서는 더 이상 일을 만들지 않으려고 하는지 조용히 사건을 마무리하고 있었다.

하지만 최기창이 자살을 하는 것을 알게 된 한 사람은 지금 주먹을 쥐며 이를 갈고 있었다.

"으으으, 아무리 피도 눈물도 없는 조직이라고는 하지만 어떻게 평생을 조직을 위해 고생을 한 사람에게 자살을 하라는 지시를 할 수가 있단 말이냐? 이런 것이 조직이라면 차라리 없는 것이 좋겠다."

한 남자는 그렇게 이를 갈고 있다는 사실을 아무도 모르고 있었다.

윤재는 최기창이 자살을 하였다는 소식을 듣고는 천무단이 정말 지독한 놈들이라는 생각을 하게 되었다.

"이놈들은 정말 지독한 놈들이다. 조직을 위해 자살로 마무리를 하라는 지시를 하는 놈들이 과연 사람이 사는 그런 조직이기는 한 거야?"

윤재는 천무단에 대해 생각을 할수록 놈들은 위험한 조직이라는 생각만 들었다.

그리고 가장 중요한 것은 놈들이 아직 자신을 포기하지 않았다는 것이다.

당장은 전국이 시끄러우니 조용히 있지만 결국 놈들은 자신을 제거하기 위해 암살자를 보내든지 아니면 다른 수작을 부릴 것이 분명했다.

윤재는 그런 놈들과 전쟁을 해야 한다는 것이 그리 달갑지는 않았지만 그렇다고 피하고 싶지도 않았다.

자신은 그만한 능력이 있었기 때문이다.

요즘은 수련의 강도를 높이는 바람에 날마다 기가 늘어나고 있어서 조만간에 비기를 한 개 더 사용할 수가 있을 것 같아서였다.

윤재는 처음에는 기술로 생각을 했다가 요즘 들어 기술이 아닌 비기라고 생각을 정정하고 있었다.

누가 들어도 좀 있어 보이는 말이라 듣기도 좋아서 그렇게 정하게 된 것이다.

현장의 일은 윤재가 없어도 일은 무난하게 돌아가고 있었다.

그리고 윤재를 조사를 하려고 하다가 된통 당해서인지 윤재에 대해서는 일정 수사를 하지 않고 있었다.

마음에 들지 않는다고 강압 수사를 했다고 인터넷을 올리기라도 하면 그날로 검찰의 입장이 다시 곤란해지기 때문이었다.

윤재는 덕분에 아주 편하게 일을 할 수가 있었다.

"성재 형님, 여기 일을 최대한 빨리 처리를 하고 다음 주부터는 다른 현장으로 가야 합니다."

"알고는 있는데 여기는 일이 아무리 빨리 한다고 해도 시간이 걸려서 우선은 한꺼번에 인원을 뺄 수가 없어."

"그래도 십층 건물의 공사는 처음부터 열 명의 목수가 일을 해야 한다는 약속을 하고 계약을 한 것이라 어쩔 수가 없습니다. 여기는 제가 다른 목수를 구해 보도록 하지요."

"휴우, 이거 일이 너무 많아도 걱정이네."

"저도 그렇습니다. 요즘은 몸이 열 개라도 부족하겠어요."

"하하하, 원래 사장은 그래야 정상이다. 사장이 바빠야 우리가 일을 하지."

성재는 윤재가 바쁜 것을 알기에 하는 소리였지만 솔직히 조금은 미안하기도 했다.

윤재가 일을 하면 최소한 두 명의 몫은 할 수가 있었기 때문이다.

윤재는 그렇게 성재와 대화를 마치고는 최 사장이 있는 곳으로 갔다.

"최 사장님, 바쁘지 않으세요?"

"어이구, 이 사장이 바쁘신 몸으로 찾아 주시니 영광이오."

"아이고, 또 왜 그러십니까?"

윤재의 엄살스러운 표정에 최 사장은 그저 웃고 말았다.

"허허허, 이 사장은 언제 보아도 표정이 죽여요."

최 사장은 그렇게 말을 하면서도 웃고 있었다.

"최 사장님 혹시 목수들 좀 아시고 계십니까?"

"여기서 일을 하는 형틀 목수요?"

원래 목수는 공구리를 치게 하는 형틀 목수와 내장 일을 하는 내장 목수가 있었기에 하는 말이었다.

"예, 저희 팀은 다음 주면 십층 건물로 일을 하러 가야 하지 않습니까. 그래서 혹시 아시는 분이 있으면 일을 하게 했으면 해서요."

최 사장은 윤재를 보며 어이가 없다는 표정을 짓고 말았다.

자신이 하겠다고 하여 일을 준 것인데 이제 와서 사람이 없다고 하니 그런 것이다.

정말 건물주만 아니면 한 대 줘 팼으면 하는 심정이었다.

그러다가 문득 생각이 난 것이 있어 물었다.

"저기 일을 하는 목수들에게 일을 주면 단가가 맞아요?"

"손해지요. 하지만 함께 일을 하는 분들을 그냥 놀게 할 수는 없지 않습니까. 그래서 일을 하시게 한 겁니다."

윤재의 답변에 최 사장은 정말 기가 막혔다.

이거는 돈을 벌자고 하는 일이 아니라 남 좋은 일만 시키자고 하는 사람처럼 보였기 때문이다.

"이 사장, 내가 하는 말을 고깝게 듣지 말기 바래요. 인부들의 사정은 물론 딱하지만 우리도 먹고살려면 그런 인부들의 사정을 모두 생각해 줄 수는 없는 거요. 내가 먹고살아야 저들도 있는 거요."

최 사장의 말이 무슨 뜻인지는 윤재도 모르지는 않았
지만 그래도 자신과 처음부터 시작을 하였던 사람이라 버
리지 못하고 있었던 것이다.

하지만 언제까지 저들을 책임지고 다닐 수는 없다는
것은 윤재도 알고 있었다.

그래서 이번 현장을 실험으로 저들의 마음을 한 번 알
아보고 결정을 하기로 한 것이다.

서로가 챙겨 주려고 하는 마음이 있다면 윤재는 거지
가 되어도 이들과 함께할 생각을 가지고 있었지만 그렇지
않다면 더 이상 자신이 이들을 위해 희생을 할 필요는 없
었기 때문이다.

"최 사장님의 조언 마음속이 간직하겠습니다. 고맙습
니다."

최 사장은 자신의 말에 정중하게 인사를 하는 윤재를
보고 입가에 미소를 그렸다.

말을 해주는 사람도 기분이 좋게 해주는 태도였기 때
문이다.

최 사장은 윤재의 그런 태도가 아주 좋았다.

나이는 아직 적지만 충분히 대성을 할 자질이 보였기

때문이다.

그리고 가장 중요한 것은 그 실력이 상당하기 때문에 절대 손해를 보는 일은 없을 것이라는 생각이 들어서였다.

"내가 목수는 알아보고 연락을 하도록 하겠소. 형틀 목수는 단가가 싸서 금방 구할 수가 있을 거요."

내장 일을 하는 목수보다는 싸게 인건비를 줄 수가 있다는 이야기였다.

최 사장은 아직 윤재가 데리고 있는 목수들의 단가를 모르고 있었다.

최 사장도 목수들을 데리고 있었기 때문에 대강은 알고 있었지만 윤재가 주는 단가가 생각 밖으로 많이 준다는 사실은 모르고 있었다.

"고맙습니다. 최 사장님."

윤재는 최 사장에게 진심으로 고맙게 생각을 하고 있었다.

윤재는 최 사장에게 목수에 대한 문제는 해결을 하고는 기분 좋게 일을 할 수가 있게 되었다.

한편 윤재가 살고 있는 빌라에 있는 사총사는 지금 아주 한가하게 거실에 누워 있었다.

"팀장님, 우리 너무 한가하게 놀고 있는 것이 아닙니까?"

"그러면 다른 일이 있냐?"

하기는 하고 싶어도 전과는 다르게 몸이 움직이지 않으니 어쩔 수가 없었다.

"그래도 집에 컴퓨터도 없으니 너무 적적한 것 같습니다. 우리 이번에 단체로 컴퓨터를 사는 것이 어떻습니까? 컴퓨터를 사면 게임이라도 할 수가 있으니 말입니다."

한성철의 말에 정재민도 귀가 솔깃했다.

아무런 일도 없이 이렇게 놀고만 있으니 그것도 하루 이틀은 몰라도 벌써 일주일을 넘게 이러고 있으니 이 짓도 정말 죽을 맛이었다.

"그럼, 우리 나가서 각자가 원하는 컴퓨터를 사자."

"오우 찬성입니다."

"저도 찬성입니다."

모두가 찬성을 하자 정재민은 모두를 데리고 가까운 매장으로 가게 되었다.

그런데 정재민이 가고 있는 길에는 종현을 잡기 위해 움직이던 정 회장의 식구들이 걸어가고 있었다.

아직 정 회장은 종현에 대한 미련을 버리지 못했는지

거리를 뒤지고 있었다.

화곡동을 기점으로 이들은 부천과 부평까지 뒤지고 있었다.

이는 정 회장에게 정신 제압을 한 윤재 때문에 일어난 일이었다.

윤재가 정 회장을 정신을 제압하면서 평소 하던 대로 일을 하고 있으라는 말을 하였기 때문에 아직도 정 회장은 종현을 찾기 위해 조직을 움직이고 있었던 것이다.

정 회장은 정말 윤재의 말을 잘 듣고 있는 것이지만 종현의 입장에서는 정말 죽을 맛이었다.

정재민은 정 회장의 식구들을 보았기 때문에 이들이 어디에 속해 있는 놈들인지를 알고 있었다.

"조용히 지나가자. 저기 정 회장의 식구들이다."

"형님, 그냥 돌아갈까요? 기분도 그리 좋지 않은데 말입니다."

정재민은 팀원들과 함께 생활을 하게 되면서 이제는 팀장이 아니라 형이라고 부르게 하였기 때문에 이들도 적응을 하려고 노력을 하고 있었다.

가끔은 그게 잘 지켜지지 않는 것이 문제이지만 말이다.

"저기 보이는 24시 안으로 들어가서 놈들이 어디로

움직이는지를 보도록 하자."

"알겠습니다. 형님."

이들은 비록 힘은 없지만 그래도 평생을 했던 일들이
정보를 모으는 일을 하여서 그런지 자연스럽게 움직이고
있었다.

정 회장의 조직원들은 부천을 뒤지기 시작한 지 벌써
일주일이 넘어가고 있었기 때문에 지금 상당히 짜증이 나
있는 상태였다.

밥도 주지 않으면서 일만 시키고 있으니 기분이 좋을
리가 없었던 것이다.

"이제 배가 고파서 더 이상은 움직일 힘도 없는 것 같
다."

"하아, 나도 그래."

조직원들은 혹시나 습격을 준비하여 항상 세 명 이상
이 몰려다니게 하고 있었다.

24시 안에서 이들을 보고 있는 정재민 일행은 안에 들
어가 컵라면을 먹으면서 천천히 이들을 보고만 있었다.

물론 눈에 걸리게 행동을 하지 않고 자연스럽게 하고
있었기 때문에 주변에서 이상하게 생각할 사람은 아무도
없었다.

조직원들이 사라지자 정재민은 빠르게 먹던 컵라면을
그대로 버렸다.

"그만 가자."

"형님, 이왕 나왔는데 컴퓨터는 보고 가지요. 놈들이
움직이고 있으니 아직은 걸리지 않은 것 같은데 말입니
다."

"하기는 걸려도 놈들의 실력으로 잡을 수는 없겠지."

정재민은 자신과 동생들이 합격진을 하고도 오히려 당
하게 되었던 기억을 나서 하는 소리였다.

그만큼 윤재는 괴물로 이들에게 인식이 되고 있었다.

정재민과 동생들은 즐거운 마음으로 쇼핑을 하고 돌아
왔다.

이제는 거실에서 늘어지지 않아도 된다는 생각에 이들
의 얼굴은 상당히 밝아졌다.

윤재는 종현과 함께 빌라로 돌아오면서 종현의 전화가
울렸다.

"연주 씨, 이 시간이 전화를 주고 어쩐 일이에요?"

―저, 지금 집으로 가고 있으니 어디 가지 마세요.

"우리 집으로 온다고요?"

―예, 지금 가고 있으니 한 십분 정도면 도착을 할 거예요.

"연주 씨가 온다고 하니 입구에서 기다리고 있겠습니다."

종현은 연주가 온다고 하니 대번에 얼굴이 달라지고 있었다.

윤재는 그런 종현을 보며 천상 애처가로 살 팔자라고 생각하고 있었다.

윤재는 차를 주차시키고 빌라로 올라갔지만 종현은 연주가 온다고 하여 입구에서 기다리고 있었다.

〈『대박인생』제3권에서 계속〉

대박인생

1판 1쇄 찍음 2012년 6월 6일
1판 1쇄 펴냄 2012년 6월 8일

지은이 | 차지혁
펴낸이 | 정 필
펴낸곳 | 도서출판 **뿔미디어**

편집장 | 이재권
기획 · 편집 | 문정흠
편집디자인 | 이진선
관리, 영업 | 김기환, 임순옥

출판등록 | 2002년 9월 11일 (제081-1-132호)
주소 | 부천시 원미구 상동 533-3 아트프라자 503호 (우)420-861
전화 | 032)651-6513 / 팩스 032)651-6094
E-mail | BBULMEDIA@paran.com
홈페이지 | www.bbulmedia.com

값 8,000원

ISBN 978-89-6639-719-8 04810
ISBN 978-89-6639-717-4 04810 (세트)